スープ屋しずくの謎解き朝ごはん
まだ見ぬ場所のブイヤベース

友井 羊

宝島社
文庫

宝島社

目次

スープ屋しずくの謎解き朝ごはん　まだ見ぬ場所のブイヤベース

第一話
おばけが消えたあとにおやすみ

1

奥谷理恵《おくたにりえ》が口元に手を当てあくびをすると、隣に座る比留間梓《ひるまあずさ》がつられたのか、さらに大きなあくびをした。

二月半ばの早朝はとても冷えるけれど、スープ屋しずくの店内は暖房がしっかり効いていた。三十歳になってから、めっきり寒さに弱くなった気がする。暖かな空気とブイヨンの芳醇《ほうじゅん》な香りは気持ちを落ち着かせ、早朝に心地良い眠気を誘う。時刻は朝の八時で、起床した時点で薄暗かった外もすっかり明るくなっている。

「お互い眠そうだね」

理恵は昨日終電で帰宅した。担当しているフリーペーパー『イルミナ』の編集作業がピークを迎えているためだ。作業はたくさん残っている。そこで早朝出勤するために家を早く出て、朝食のためしずくを訪れたのだった。

「実は最近、不眠気味なんです」

あくびを見られたせいか、梓が恥ずかしそうに首を竦《すく》める。比留間梓はしずくのランチタイムにだけアルバイトに入っている女子大生だ。素直で明るい笑顔は昼営業の名物として定着しつつある。今日は客として店内で鉢合わせしたのだった。

二人はカウンター席で隣り合い、店主の麻野《あさの》が作るスープを心待ちにしていた。理恵たちがいるのはオフィス街の片隅にある『スープ屋しずく』というスープ料理をメインにしたレストランだ。ランチタイムは会社員たちのお腹を満たす栄養たっぷりなスープを出す店として大繁盛し、夜はスープや煮込み料理を中心にした洋風料理をソムリエが選ぶ手頃で上質なワインと一緒に楽しめるビストロとして人気を博している。会社が近いため、理恵はどちらの時間帯でも常連だった。

そしてスープ屋しずくには、ショップカードや店頭に掲げている営業案内では公開していない秘密の営業時間があった。平日朝の六時半から八時半までの二時間、朝ごはんを食べられる店として開けているのだ。そのため口コミか、たまたま通りかかるかのどちらかでしか入ることは難しい。理恵は一年程前に訪れて以来、しずくの温かな朝食の虜《とりこ》になっている。

温かなルイボスティーを口に含み、店内を見渡す。テーブルや床などは濃い茶色の木材で統一されていて、白い漆喰《しっくい》の壁と共に清潔感があった。暖色系の照明や観葉植物、お洒落な小物類などが、自宅のリビングでのんびりしているような安心感を演出している。

フロアの面積は十坪ほどで、四人がけのテーブル席が三つ用意されている。理恵たちが座っているのはカウンターで、その向こうは簡単な調理場になっていた。店主の麻野は今、奥にある厨房で料理の準備をしている。

「何か悩みでもあるの？」

理恵が質問すると、梓は肩を落とした。

「実は進路が心配で……。再来月から大学四年なのに、やりたいことが見つからずに就活に身が入らないんです」

「そっかあ。就活は大変だよね」

就職は人生の一端を決定づける大事な選択だ。理恵も元々は専門学校を卒業した後はデザイン系の仕事を望んでいた。しかし志望した会社にはことごとく落ち、何とか現在の会社に滑り込むことができた。今の仕事は充実しているが、かつて望んでいた職種とは異なっているのも事実だった。

「昔から少しでも心配事があると、眠れなくなる体質なんです。ストレスは身体に影響を及ぼしますよね」

「……そうだね」

理恵は無意識に自分のお腹に手を当てた。梓は不眠のようだが、理恵はストレスで胃が痛み出す。最近は治まっているが、スープ屋しずくに通う前は胃薬が欠かせなかった。

理恵は現在、クーポン付きフリーペーパー『イルミナ』の編集長代理を務めている。前任である編集長の今野布美子《こんのふみこ》が産休に入っているためだ。

後を託された理恵は部数を維持するため毎日必死に働いている。ただでさえフリーペーパーにとって厳しい時代だ。大手広告代理店が発行する有名なフリーペーパーも休刊や縮小が相次いでいる。胃への負担がかかる毎日に、しずくの朝ごはんは心身の大切な栄養源になっていた。

「お待たせしてしまってすみません」

「いえ、構いませんよ」

奥の厨房から、店主の麻野が大きな寸胴鍋を運びながら姿を現した。朝営業の時間は仕込みと併行して麻野が一人で接客をする。そのためドリンクやパンがセルフサービスで食べ放題なのだが、理恵と梓は仕込みの手が離せないタイミングで来店したらしい。理恵たちはほんの数分、料理が提供されるまで待っていた。

多少料理が出てこなくても、スープ屋しずくの朝営業に訪れる客たちは急《せ》かしたりはしない。ゆったりとした気持ちで、麻野の料理に期待を膨らませる。理恵は店内に流れる穏やかな空気が心から好きだった。

麻野は細身の体格ながら、なみなみとスープの入った鍋を一見軽そうに運んでいた。コンロに鍋をそっと置き、丁寧に位置を調整する。それからレードルを手に取り、白色のボウルにスープを注いだ。

すっきりとした目鼻立ちで穏やかな微笑みを浮かべる麻野は、どこか人懐こい柴犬のような雰囲気を持っている。百七十センチ台の後半はありそうなすらっとした長身で、姿勢の良さからモデルのような佇まいだ。髪の毛は小綺麗にカットされ、白いリネンシャツと茶色のコットンパンツ、黒のエプロンという清潔感のある服装が様になっている。

「お待たせしました。ホタテとパセリのミルクスープです」

麻野が理恵たちの目の前に、乳白色のシンプルな陶器製のスープボウルを置いた。

「わあ、いい香り」

器に注がれたスープから、ブイヨンとミルク、ホタテの芳醇な香りが一体となって鼻孔に飛び込んでくる。匂いだけで期待は一気に高まる。牛乳仕立てのスープはさらっとしていて、大粒のホタテや野菜、そしてたっぷりのパセリが入っていた。

「パセリを一度にこんなに食べるの、はじめてかもしれません」

梓がボウルを覗きこんで驚きの声を上げる。料理の彩りでパセリが皿に添えられることはあるが、メインで食べるのは比較的珍しい。すると麻野が柔らかな笑顔で返事をした。

「パセリは栄養豊富ですし、味わいだけでも充分に主役を張れる食材ですよ」

理恵もパセリだけ食べることに馴染みが薄かったが、麻野が言うのであれば間違いないのだろう。理恵は木製のスプーンを手に取り、スープをすくって口に運ぶ。

まず、スープに溶け込んだホタテの旨味《うまみ》が舌に感じられた。そこに新鮮なミルクの香りと、ブイヨンの複雑な味が続く。

続いてパセリに取りかかる。千切られたパセリのサクッとした歯触りが心地良かった。スープの熱だけで温められたらしいパセリは、独特の青臭さをミルクでマスキングされていて、爽やかな苦みと瑞々《みずみず》しさが味わえる。

「パセリって食べやすいんですね。実はそれほど得意ではなかったので驚きました」

梓もスープを味わいながら感心した様子だ。

「さっと火を通すだけで苦みや独特の風味が軽減して、食べやすくなりますよ」

食事を進める理恵たちに、麻野が嬉しそうな視線を向けている。日本ではパセリは添え物としてのイメージが強いが、麻野は一手間かけることで主役へと変身させてしまう。しずくの料理はどれも素材の味が活き活きとしていた。他の具材は玉ねぎや人参など定番の食材で、どれも野菜特有の香りが濃かった。

「……美味《おい》しい」

理恵はため息のようにこぼす。麻野のスープはいつも心と身体に活力を与えてくれる。疲れたときは食べること自体が億劫になり、栄養不足によって身体は活力を失っていく。すると不思議なことに、つられて心まで沈んでしまう。

そんなときにこそ、スープがぴったりだと理恵は思っている。すっと喉を通っていくスープは必要な栄養素を無理なく摂取できる。麻野がスープという調理方法を選んだのは、疲れた人にこそ食べてほしいという心遣いからなのだという。

理恵は続いて丸パンを千切って頬張る。ふわふわのパンは小麦の味が感じられ、スープの味を邪魔せず調和している。しずくのパンは料理に合うようシンプルに仕上げられていて、つい食べすぎてしまうのが唯一の難点なのだった。

料理を楽しんでいると、店内の奥に顔を向けた梓が声を上げた。

「あ、露《つゆ》ちゃん。おはよう」

理恵もそちらを見ると、カウンター奥の壁際にあるドアから露が顔を出していた。露は店内を見渡し、客が理恵と梓だけだとわかるとドアを開けて店内に入ってきた。

「比留間さん、理恵さん、おはようございます。お父さんもおはよう」

「露ちゃん、おはよう」

「おはよう、露」

理恵たちも挨拶を返す。露はカウンターを回り込んで、パンとドリンクを用意してから理恵の隣に腰かけた。長い黒髪が印象深い少女は、麻野の小学五年生になる娘だ。柔らかな髪質は父親譲りで、意志の強そうなきりっとした目鼻立ちは母親に似ているのだという。

今日の露は紺と白のボーダーのトレーナーにデニムのスカートという服装だった。

色を合わせた白のスニーカーと紺のソックスが活動的な雰囲気を出していた。麻野が露の目の前にスープを置く。

「はい、今日のスープだよ」

「ありがとう、お父さん」

スープ屋しずくで朝に出されるスープは、そのまま露の朝ごはんにもなっている。そして親子一緒の時間を作るため、露が店内で食べることがあった。ただし露が人見知りであるため強制ではなく、見慣れない客が席についている場合、露は二階にある自宅スペースに引っ込んでしまう。その場合、麻野は頃合いを見計らって二階にスープを届けるのだ。

「あ、今日はクリーム系なんだね」

露は目の前のスープに目を輝かせ、スープをすくって口に運んだ。具材をゆっくり咀嚼《そしゃく》し、大事そうに飲み込む。すると露の表情は花が咲くように明るくなった。

「お父さん、今日も美味しいね」

「ありがとう。熱いから気をつけるようにね」

麻野が露に向ける眼差しは慈しみに満ちている。露が父親の作るスープが大好きなことと、麻野が娘を思いやる気持ちが双方の表情から伝わってくる。理恵は二人のやり取りを眺めるのが心から好きだった。

理恵たちはゆっくりと食事を進める。本格的に街が動き出す前の時間は、店の外からの音が少ない。店内奥の厨房で火にかけられた鍋がことことと音を立てている。自動車の振動音や遠くの鳥の声が、壁を伝わって耳に届く。しんとした静けさは普段様々な物音が世界を覆っていることに気づかせてくれる。

麻野が下拵《ごしら》えのためジャガ芋の皮剝《む》きをしている。巧みな包丁使いで、するすると皮が剝かれていく。みるみるうちに金ざるにジャガ芋が山盛《や》りになっていった。

理恵は食事の途中、店内奥のブラックボードに目を遣った。白いチョークでパセリとホタテという本日のスープに入った食材の文字が大きく書かれ、その下に栄養素の解説文が記されてあった。

パセリは栄養が豊富で抗酸化作用のあるβカロテンやビタミンE、ビタミンCを豊富に含み、鉄分やカリウムなどのミネラルも多量に摂取できるとあった。また特有の香りの元になるアピオールは、口臭予防や食欲増進効果を期待できるらしい。添え物として使われているのは口臭予防のためでもあるのかもしれない。

続いてホタテの解説文を読む。ホタテはタウリンを多量に含み、肝機能を強化することでデトックス効果が期待できるそうだ。またアミノ酸の一種であるグリシンは睡眠の質を上げる効能で注目されているらしかった。

「ホタテは睡眠に効果が期待できるんですね」

不眠に悩む梓が声を上げ、ホタテを大事そうに口に運んだ。理恵も口に含むと、ホタテは生に近いくらいの火の通り具合だった。しっとりとした食感と上質な甘みは、具材の新鮮さと絶妙な調理加減の賜物なのだろう。

そこで理恵はふと、露がスプーンに載せたホタテを眺めていることに気づいた。

「お父さん、睡眠にいい食材は他に何があるの？」

露からの質問に、麻野が包丁を動かす手を止めた。梓が驚いた様子で声をかける。

「もしかして露ちゃんも眠れないの？」

慌てた様子で露が首を横に振った。

「私じゃなくて友達のことです。最近、眠れなくて困っているみたいで」

麻野がジャガ芋の最後の一つを剝き終え、手を洗ってから布巾で拭いた。

「グリシンはホタテ以外だと海老にも含まれるね。筋肉の緊張を解《ほぐ》す作用があるとされるマグネシウムはアーモンドや大豆製品に多いし、乳製品は神経を鎮めるといわれるトリプトファンを摂取できるよ」

麻野が食材を列挙していく。様々な栄養を含む食材が脳内にインプットされているらしい。露は真剣な眼差しでうなずいているが、麻野は最後に付け加えた。

「ただし食品は補助に過ぎない。一番の解決法は不眠の原因を取り除くことだよ」

「……うん、そうだよね。でも、どうしていいかわからないんだ」

露は唇を引き結び、理恵と梓に顔を向ける。真剣な眼差しに理恵は思わず居住まいを正した。

「あの、心霊現象って本当にあると思いますか？」

「えっ」

思わず間抜けな声が出る。すると露は深刻そうな表情で続けた。

「その友達――、夢乃《ゆめの》ちゃんは金縛りに悩まされているんです」

「金縛り？」

思わず聞き返すと露がうなずき、詳しい話を教えてくれた。

眠れなくて困っているのは、柏《かしわ》夢乃という名前のクラスメイトらしい。

「夢乃ちゃんは先月くらいから、ぼうっとすることが増えました。最初は先生に指されて返事をしないくらいだったのに、先週には授業中に居眠りをしたんです。真面目な子で、今までそんなこと一度もなかったのに」

最初、周囲は単なる夜更かしだと軽く考えていた。しかし何度も居眠りを繰り返し、休み時間にも机に突っ伏すようになった。心配するクラスメイトが理由を訊《たず》ねると、夢乃は躊躇《ためら》いがちに金縛りのせいで寝不足なのだと説明した。

「夢乃ちゃんは毎日夜中に目覚めるたびに、身体が動かなくなるんだそうです。声も出せなくなって、眠るのが怖くて夜更かしをしてしまうと怯えていました」

夢乃の話を受け、クラスメイトたちは色めき立ったという。金縛りといえば代表的な心霊現象であり、子供たちは幽霊やオカルトといった話題が好きだ。クラスでは心配そっちのけで、心霊現象が実在するかどうかで盛り上がっているという。

ただ金縛りは怪奇現象と限らない。意識が覚醒しているが肉体が動かない状態であり、極度に疲れていたりストレスが溜まっていたりするときに理恵も何度か体験したことがある。心霊現象と思しき金縛りには遭遇したことは幸いないけれど。

「ご両親は忙しくて、相談は難しいと夢乃ちゃんは話していました。特に夢乃ちゃんのお母さんがやっている家具屋さんが大変らしくて」

露が小さくため息をついた。目の前のスープボウルはほぼ空になっている。露は千切ったパンで残っていたスープを拭き取るように染み込ませ、最後の一滴まで胃に収めた。

「食事もコンビニ弁当とかスーパーの惣菜が増えているみたいで、食生活が偏るんじゃないかって心配なんです。だから私のできる範囲で夢乃ちゃんの力になりたかったんです」

それが安眠効果の期待できる食材の情報を麻野から得ることだったのだ。そこで理恵はふと、一軒の家具屋に思い当たった。

「ひょっとして公園の横のカシワさんかな」

「ご存じですか？」

理恵はうなずく。理恵の会社の近くにある雑居ビルの一階にカシワという名前の輸入家具の専門店があった。こぢんまりとした店内には海外で買い付けたという厳選された家具類や雑貨が並べられている。きりっとした雰囲気の女性が一人で切り盛りしていて、店主の清廉そうな佇まいが反映された適度な緊張感のある店だった。

イルミナに掲載するクーポンは飲食店を中心にしている。だが後半のページには美容院やエステ、マッサージ店をはじめ、雑貨屋などといった店の紹介もしていた。カシワは過去に何度か広告を掲載したことがあり、つい先日も数ヶ月単位で広告の仕事を受注したばかりだった。

「フランスの家具を中心に、センスの良い調度品をたくさん揃《そろ》えているよね。私の家でもあそこで買った小物入れを使っているよ」

「家に遊びにいったときも、箪笥《たんす》とか本棚がどれもすごく豪華でかっこよかったです。あんな家に住めたら幸せだろうなあ」

露の口元が綻《ほころ》ぶ。巧みな細工が施された家具と生活ができたら、ゴージャスな気持ちでいられるはずだ。職人技の粋を集めた調度品は素材も上質で、値段も相応に張るものだった。本音を言えば理恵も買い揃えたいが、家具に相応《ふさわ》しい置き場所のためにまず高級なマンションに移り住むことが必要になりそうだ。現在のささやかな収入では、ボーナス支給時などに奮発して、お気に入りの一点を買うのが現実的なところだろう。

ドアベルの音がして、店内に客が入ってくる。スープ屋しずくの常連である専門学校に通う女性で、面識があったため理恵は軽く会釈をする。相手も頭を下げ、テーブル席に腰かけた。すると続けて見知らぬ三人組が新たに入店し、にわかに店内が騒がしくなってくる。

理恵が朝営業に通うようになってから一年以上経つ。当初は客も少なかったが、最近は口コミが広がったのか朝でも繁盛するようになってきた。新たな三人組の会話から、知り合いの紹介で訪れたことが聞き取れた。商売としてはよいことだと思うけれど、秘密の場所が知られたみたいで少しだけ寂しさも覚える。

理恵はルイボスティーを飲み干すと、カップをテーブルに置いた。

「ごちそうさまでした。そろそろお会計をお願いします。露ちゃん、またね」

「うん、お仕事がんばってくださいね」

理恵が席を立つと、同時に露も背の高い椅子から降りた。客に説明を済ませた後に、麻野がレジ前に移動した。梓はまだゆっくりするようで、コーヒーをすすっていた。

理恵の差し出した、代金ぴったりの硬貨を麻野が満面の笑みで受け取る。

「今日もありがとうございました」

「こちらこそ、いつも美味しいスープをありがとうございます」

麻野が丁寧にお辞儀をする。麻野に見送ってもらえるだけで、スープをいただくのに匹敵するくらい活力が湧いてくる。

手を振る露に笑顔を返し、理恵はコートを羽織った。

「それじゃ梓ちゃんもまたね」

すると梓が、急にかしこまった笑顔を理恵に向けた。

「いってらっしゃいませ。ランチでのお越しもお待ちしております」

突然飛び出たランチ営業時の梓の顔に、理恵は笑みがこぼれる。

「ぜひぜひ。またお邪魔させてもらいますね」

ドアを押すと、店の外は快晴だった。世界がくっきりと明るく、コンクリートの灰色ばかりの裏路地が不思議と柔らかな色合いを帯びているように感じられた。

理恵は軽い足取りで大通りに出た。赤信号が変わるのを待ちながら、露の友達について考える。

本音を言えば心霊現象は存在しないと思う。露の友達の発言も何かの勘違いか、ひどいことを言うと嘘の可能性さえ勘ぐってしまう。小学生くらいの年代なら、人の気を惹くなどの目的でショッキングな内容の嘘をつくことは決して珍しいことではない。もしくは相応の理由があって嘘をついているのかもしれないけれど理恵にはその目的について見当もつかない。

二月半ばの空気はまだ刺すような冷たさを帯びている。理恵は深呼吸してから、背筋を伸ばして会社に向かうのだった。

2

カレンダーとにらみ合いをして、校了までの予定を組んでいく。編集長代理になり格段に仕事量が増えた。雑誌全体の構成を考えつつ、以前のように誌面制作業務も行わなくてはいけない。異なる仕事を併行して処理しなくてはならず、逐一チェックしないと何をすればいいのかわからなくなる。

部下に進行状況の報告をしてもらってから、今日のスケジュールを再確認する。そこで打ち合わせ先にカシワの名前を見つけ、理恵は小さくつぶやいた。

「そっか。カシワさんは今日だったか」

「カシワさんがどうかしました？」

隣の席から長谷部《はせべ》伊予《いよ》が訊ねてくる。伊予は編集部の後輩だ。明るく前向きな性格で、以前は少々頼りなさもあったが、今ではてきぱきと仕事をこなし、ミスもほぼなくなっている。さらに社交能力と愛嬌によってクライアントに愛されるなど、現在はイルミナにとってなくてはならない人材だ。

「カシワさんのお嬢さんが露ちゃんのクラスメイトらしいんだ」

「へえ、奇遇ですね」

伊予は外回りのために資料をファイルに収納していた。控えめなブラウンに染めたショートカットには、ふんわりとしたパーマがあてられている。淡いピンクのセーターとグレーのチェック柄のスカートに、濃い黒色のストッキングを合わせていた。

伊予がパソコンの電源を落としつつ、ファイルをバッグに収納しながら口を開いた。

「そういえばカシワさん、最近経営が厳しいみたいですね」

「そうなの？」

「ご近所の店舗さんからの情報ですけど、カシワさんの商品って高額じゃないですか。近頃はセレブ向けの家具は厳しいみたいで、売り上げが下がり気味だと耳にしました」

カシワは何十年も同じ土地で営業を続けているはずだが、時代の流れもあるのだろう。良くない話を又聞きするのは気が引けるけれど、顧客の経営状態を把握するのは大事な業務だ。

「それに顧客との約束をすっぽかしたなんて話も聞きました。そのせいで大口のお客さんをなくしたそうです」

伊予がバッグを手に立ち上がる。爪にはナチュラルなピンク色のマニキュアが施されてあった。イルミナはフリーペーパーのため広告費で成り立っている。過去には依頼を受けた相手から支払いを踏み倒されたこともある。入金を先延ばしにしたいと頼まれた挙げ句、夜逃げされてしまったのだ。

「報告ありがとう。すごく助かるよ」

「いえいえ、では行ってきます！」

伊予が軽く会釈してから理恵に背中を向け、壁際のラックから桜色のコートを取って袖を通す。エレベーターに向かう最中、他の社員と気軽な調子で挨拶を交わしていた。

理恵も準備を整え、オフィスチェアから立ち上がる。噂話は気がかりだが、経営状況が芳《かんば》しくないのであれば改善する一助になるのが理恵の仕事だ。依頼人の要望に親身に耳を傾け、望みに寄り添うことを第一に考えるべきだ。

会社から外に出ると早朝から一転、ビルの隙間から覗く空は厚い雲に覆われていた。風は冷たさを帯び、真冬用のコートでも寒く感じた。

桜の枝につぼみが芽生えはじめ、乾いた空を背景にして冷たい風で揺れていた。

家具のカシワは、遊具のない公園の真横に店舗を構えている。雑居ビルの一階に輸入家具・雑貨と書かれた看板が掲げられていた。春には桜が満開になり、公園の周囲も含めて華やかな雰囲気に包まれる。約束の時間にドアを開けるとチャイムが鳴り、「いらっしゃいませ」という声が聞こえた。

「ごめんください。お約束していたイルミナの奥谷です」

「ようこそおいでくださいました」

店の奥から四十代半ばくらいの女性が姿を現した。店のオーナーの柏律子《りつこ》で、夢乃の母親だ。顔を合わせるのは一年ほど前に広告を掲載した際に打ち合わせをして以来になる。

さっぱりとしたショートカットは艶やかな黒色で、色合いからおそらく染めているのだと思われた。細身のパンツスーツと革靴が隙のない印象を与える。フランス人形を思わせる白い肌と、長い睫毛《まつげ》が特徴的だった。

店内には花や木、動物などをモチーフにした飾りが彫られた箪笥や本棚が所狭しと並べられている。ソファ、椅子などに使用されている布地にも落ち着いた動植物をモチーフにした柄が使用されていた。壁には天使が描かれた油絵がかけられ、優雅なクラシック音楽が流れている。

理恵をレジ脇のテーブルに座るよう案内すると、律子はすぐに紅茶を用意してくれた。海外の有名ブランドのティーポットからセットのカップに注がれる。店内には誰もおらず、律子は心なしか以前より疲れた印象だった。理恵は過去の広告サンプルをテーブルに広げ、方向性について打ち合わせをすることにした。

律子の要望を聞き取るにつれ、カシワの経営がうまくいっていないことが伝わってきた。ネット通販など様々な方法は試しているようだが、基本的には来店した客を大事にしたいという想いが強いという。だが最近は地元客が減りつつあり、地域と密着した誌面作りを心がけるイルミナに広告を出すことで人を呼び込みたいと願っているそうだ。

「地元に根ざした店だからこそ、近隣の方々に何より足を運んでほしいのです」

律子は熱っぽく語った。カシワは律子の父がはじめた店で、四十年以上の歴史があるという。父親が逝去した後は一人娘である律子が現在まで守ってきた。律子の夫は会社員をしており、カシワの経営には全く関与していないそうだ。紅茶に口をつけると渋みと甘みが上品で、質の高い茶葉を使っていることが伝わってきた。

「この辺りもタワーマンションが増え、それなりに収入のある若い層も増えてきている実感があります。そういった方々にこそ、上質な調度品を揃えてもらいたいんです」

真剣な眼差しで訴える律子の白目に充血がうかがえた。目の下のクマといい、やはり疲れが溜まっているように見えた。理恵は律子の希望を取り入れた上で話し合い、広告の方向性を決めていく。打ち合わせは三十分ほどで終わったが、その間の来客は皆無だった。前回来た際も決して客足が多いわけではなかったが、昔からの馴染みらしき客が小まめに顔を覗かせている記憶があった。

「今回ご相談した内容に基づいてキャッチコピーや紹介文、デザインラフなど作成しますので、後日改めて見ていただきます。早速ですが店内の写真を撮らせていただけますか」

「よろしくお願いします」

理恵が立ち上がると、律子も続いた。すると律子はわずかにふらつき、丸テーブルに片手をつく。理恵は慌てて律子に手を伸ばすが、律子はすぐに体勢を整えた。

「お疲れのご様子ですが、大丈夫でしょうか」

律子が力ない笑顔を返す。

「申し訳ありません。顧客の新規開拓や新たな仕入れ先の開拓のために働き詰めで」

「どうかご自愛ください。身体を壊したら元も子もありませんから」

「そうですね。……でも今が踏ん張り時なので、もう少しがんばってみます」

律子が真っ直ぐ立って、無事をアピールする。しかし理恵には無理をしているようにしか見えなかった。

脳裏に夢乃の件が浮かぶ。母親は仕事で疲れ、娘は不眠で苦しんでいる。二つに繋《つな》がりはあるのだろうか。因果関係があるようにも思えるが、理恵には関係性を見出すことはできそうになかった。

理恵は一眼レフカメラを使い、店内や家具の写真を撮影する。外に出て外観を撮ったところで、白髪頭の女性が店に近づいてきた。女性は顔馴染みのようで、律子と親しげに会話をしている。常連は大事にするべきだ。理恵は律子に手短に挨拶を済ませ店を後にした。

時刻は昼に近く、理恵は空腹を感じた。天気は相変わらず曇り模様だ。ランチもスープ屋しずくに訪問したい気持ちがあったが、これから飲食店での撮影が待っていた。今から顔を出す店では、撮影の後に店主が写真のために作った料理を好意で勧めてくれる。美味しいので毎回ありがたく頂戴しているが、たまに断れない状況で、立て続けに料理を食べざるを得ないこともあった。そういった場合は胃にダメージを受けながらも、仕事だと割り切るようにしていた。

大きく息を吸い込むと、冷たい空気が肺に満ちた。アスファルトの道路を歩きはじめると、ヒールの踵《かかと》がかつんと甲高い音を立てた。

理恵は一週間ぶりに定時に仕事を終え、空の明るさに季節の変化を実感する。日が長くなったことで、早く上がれた日は暗くなる前に帰宅できるようになった。大きなミスなく仕事を終えた安堵感を感じつつ、身体は休息を求めていた。

自宅マンションの最寄り駅の改札を抜け、駅に併設されたスーパーに立ち寄る。入り口でカゴを持ち、野菜コーナーを眺めた。自宅にある食材を思い浮かべ、特売の品との組み合わせで作れる料理を考えながら食材をカゴに入れる。

乳製品コーナーで女性店員がアーモンドミルクの試飲を勧めていた。最近、代替ミルクが流行している。ライスミルクなども見かけるようになったが、日本でも定番の豆乳以外の代替ミルクは飲んだことがなかった。女性店員は加糖のアーモンドミルクの入った小さなプラスチックのコップを配っていた。気になったので受け取って味見してみる。

「あ、美味しい」

ナッツのコクが効いたミルクは、癖もなくて飲みやすい。乳飲料コーナーには加糖と無糖の二種類のアーモンドミルクが置いてある。

麻野が不眠にアーモンドが効くと話していたことを思い出し、理恵は無糖のアーモンドミルクをカゴに入れた。女性店員が笑顔で理恵に感謝を告げる。特に不眠で悩んでいるわけではないが、睡眠の質の向上はストレスの軽減に繋がるはずだ。

セルフレジで商品を購入しスーパーを出る。駅前にはドラッグストアやチェーン店が建ち並び、その奥に小さな商店街が続いていた。

大学を卒業してから住み続けているマンションは築三十年を超えるが、リフォーム済みのため住み心地に問題はなかった。駅からもそれなりに近く、家路に暗い道がないのが安心だった。若干手狭だが家賃も手頃で会社へのアクセスもスムーズなので、引っ越しをする気が起きずに長年住み続けている。

自宅に到着した理恵は着替えを済ませ、食材を冷蔵庫に収納する。洗顔してメイクを落とし、時計を見ると夕方六時半になっていた。

理恵は台所に立ち、まな板を置いた。理恵は最近料理をするようになった。レシピサイトを参考にした簡単な料理ばかりだが、自分好みの味が作れるのは楽しかった。

冷蔵庫を再度確認すると、玉ねぎと人参の欠片が残っていた。一人暮らしだと野菜が余るのが悩みだが、そんな場合は冷蔵庫一掃を兼ねてスープを作ることにしている。余った素材を適当に刻んでキューブ型のコンソメを入れるだけの簡単なレシピだ。和風だしと味噌で仕立てることもあるし、鶏ガラスープとラー油で作れば中華風ができあがる。

「よし、はじめるか」

人参と玉ねぎ、ベビーコーン、マッシュルームを、麻野と一緒に購入した雪平鍋《ゆきひら》に入れる。二本だけ余っていたソーセージを刻んで投入し、オリーブオイルで炒める。麻野のオススメで、オリーブオイルは質の良いものを選んだ。値は張るけれど香り高さが日々を贅沢に彩ってくれている。

軽く炒めた後に水を注ぐのだが、理恵はふと思い立って分量を減らした。キューブ型のコンソメを入れ、濃いめの味つけにする。そこで購入したばかりの無糖アーモンドミルクをカップ半分ほど注ぐ。軽く火を通してから味見をして、塩胡椒で調整して完成だ。陶器製のスープボウルに注ぎ、オリーブオイルと乾燥パセリで仕上げる。

続いて理恵はルッコラを刻み、オリーブオイル、粉チーズで手早く味付けし、透明な皿にうずたかく盛る。それにフランスパン一切れで夕飯の完成だった。

料理をテーブルに運んでから、理恵は小さくつぶやく。

「ちょっとだけ飲もうかな」

冷蔵庫から白ワインを用意してワイングラスに注ぐ。テーブルにつき、「いただきます」とつぶやく。シルバーのスプーンを手にして、アーモンドミルクのスープに口をつけた。

「うん、上出来」

野菜の甘みとソーセージのコク、ブイヨンの旨味が、アーモンドミルクのナッツの風味とうまく調和している。オリーブオイルの香りも鮮烈で贅沢な気持ちになる。スープ屋しずくの料理に較べれば庶民派の味わいだが、家で楽しむなら充分なご馳走に思えた。

ルッコラはゴマのような独特の風味で、チーズやオリーブオイルとの組み合わせが白ワインと相性抜群だった。フランスパンとスープの相性は言わずもがなだ。

普段ならスープに入れるのは牛乳や生クリームが定番だろうが、アーモンドミルクに置き換えることで新たな料理に出会える。失敗することもあるけれど、理恵は自炊の楽しみを徐々に見出し始めていた。

のんびり食べ進めながら、カシワでのことを思い出す。

カシワで扱う家具は素晴らしく、手入れすれば長持ちするため、長期的に考えれば値段が高いとは一概に言えないのだろう。

だけど高品質だからといって売れるとは限らない。

時勢でいえば北欧のシンプルでデザイン性の高い家具が人気だし、廉価でも良質な家具を扱う店も増えている。華美だが重量感のあるカシワの家具は、現代日本の部屋には馴染みにくいだろう。だが、その程度の現状把握なら律子もしているはずだ。理恵は協力できることを全力で考えるだけだ。

時計を見ると夜七時半になっていた。今の時間なら洗濯機を回しても問題ないだろう。週末にまとめて洗おうと考えて溜めていた洗濯物を一気に片付けることにした。

3

土曜の午前、理恵は誰もいないオフィスで仕事に集中していた。静かなオフィスにコピー機の駆動音が響き、フロアの一画だけを蛍光灯が照らしていた。

編集長代理に就任してから休日出社が増えている。本来なら休むべきだが、慣れない仕事に時間を割かれてしまい処理が追いつかないのだ。加えて平日は部下からの相談に応じるなどして自分の仕事に専念しきれない。上司は現在の自分ほど休日出社をしていたイメージがないため、改めて産休中の布美子の凄さを思い知るのだった。

理恵は気合いを入れ、仕事に集中する。

身体を伸ばすと、背中がぽきと音を立てた。しばらくしてから壁掛け時計に目を遣ると、スープ屋しずくのランチ営業のラストオーダーの時間が近づいていた。時間の流れは早く、仕事は思ったよりも捗《はかど》らない。今のペースだと夕方までかかりそうだ。美味しいごはんで気分転換しようと思い、理恵は身支度を整えてエレベーターに向かった。

休日は正門が閉まるため、裏口から外に出る。街はひと気がなく、寂しい雰囲気だった。しばらく歩いて、スープ屋しずくのある裏路地に到着する。

他の店舗などはなく、雑居ビルの出入口しかない。スープ屋しずくは普段から繁盛しているが、オフィス街にあるだけあってメインの客層は近隣で働く会社員になる。そのため土曜は比較的客足が鈍り、梓もアルバイトに入っていない。そしてラストオーダー間際は特にゆったりと食事を楽しめるのだ。ドアを開けると同時にドアベルが鳴り、ブイヨンの香りが鼻をくすぐった。

「こんにちは……」

理恵は立ち止まる。普段ならすぐに麻野か、ホール担当の慎哉《しんや》のどちらかが迎えてくれる。だけど今日は妙に静かで、しかも二人とも理恵を見て口元に人差し指を当てていた。店内を見回すと奥のテーブル席に露が座っていて、向かいに一人の見知らぬ少女が腰かけていた。

「……あ」

声を漏らした理恵はすぐに口を閉じ、音を立てないよう慎重にドアを閉めた。露の真向かいに座る少女は目を閉じている。全身から力が抜け、背もたれに身を預けている。寝ているのは一目瞭然だ。

麻野が申し訳なさそうな表情で歩いてきて、理恵に顔を近づけ小声で言った。

「すみません。助かりました」

「事情があるんですよね。全く構いませんよ」

理恵も囁き声で返事をする。

「ありがとうございます」

麻野が感謝の言葉を述べ、カウンターの向こう側に戻る。麻野と慎哉は少女を起こさないように、出迎えの言葉を口にしなかったのだ。少女の他に客はいない。おそらく他の客には静かにさせるなんてことはしないはずだ。理恵だから協力してくれると考えたのだろうか。勘違いかもしれないけれど、そう考えると嬉しくなってくる。

理恵はコートを脱ぎ、少女から最も離れたカウンター席に腰かけた。店内は程よく暖房が効いている。少女は呼吸に合わせて身体をかすかに上下させていた。

理恵はメニューを見ずにミネストローネを頼んだ。麻野が無言で会釈をして厨房に消えていく。慎哉が水とおしぼりを運び、同じように小声で言った。

「いやあ、協力ありがとうね」

慎哉はスープ屋しずくで、ソムリエとして活躍している。明るい茶色に染めたつんつん頭と日に焼けた肌、軽い調子のトーク力が女性客に人気だった。同時にノリの良さから男性客ともすぐに親しくなる。麻野と同じリネンシャツとコットンパンツ、黒のエプロンという組み合わせだが、微妙な着崩しによって不思議と軽い雰囲気に仕上がっていた。

慎哉が親指で露のいる席を指し示した。

「寝ているのは露ちゃんの友達の夢乃ちゃん。食事を終えた途端に眠っちゃったんだ」

「あの子が……」

理恵はテーブル席に目を向ける。改めて見ると顔立ちや長い睫毛が母親そっくりだ。

理恵がコップに口をつけると、浄水器を通しているという水は臭みを感じなかった。

麻野が厨房からトレイを持って姿を現した。

「お待たせしました。しずく特製ミネストローネです」

麻野がカウンターテーブルに皿を置く。木製のぽってりとした器に、トマトの鮮やかな赤色のスープがたっぷり注がれている。具材は細かく刻まれた野菜とベーコンで、酸味の効いた香りが食欲をそそった。

起き抜けに軽くパンをかじっただけだったので理恵は空腹だった。木製の匙《さじ》を手に取って先をスープに沈め、スープと具材をすくって口に運んだ。

最初にトマトの鮮烈な旨味と酸味を舌に感じた。次に大きめに刻まれた玉ねぎや人参、マッシュルームやアスパラガスといった野菜たちの味と歯触りが楽しめる。

最も印象深いのはスモークの香りが効いた角切りベーコンだ。ベーコンは赤身の味が濃く、脂身はしつこさを感じさせず噛みしめると甘みが舌に溶け出した。

本来なら賞賛を口に出したいが、夢乃が寝ているので控えることにする。黙ったまま食事を味わっていると、露が音を立てずに椅子から立ち上がる。そして抜き足差し足で理恵に近寄ってきた。目の前に立ち、小さく頭を下げた。

「気を遣っていただいてすみません」

露の申し訳なさそうな顔は父親にそっくりだった。

「ううん、気にしないで」

首を横に振ると、露がホッとした表情を浮かべる。それから理恵の隣に座り、心配そうな表情を夢乃に向けた。慎哉がそっと店の外に出て、すぐに戻ってくる。おそらくドアのプレートをCLOSEDにしたのだろう。

「あの子が前にお話しした睡眠不足の子です」

理恵が無言でうなずくと、露は夢乃が居眠りに至った顛末《てんまつ》を教えてくれた。麻野は皿を静かに拭いていて、慎哉は仕事があるのか店内奥に消えていった。

理恵も知る通り、律子は現在多忙を極めていた。そのせいで夢乃は母親に体調不良を告げられずにいるという。どうやら律子も娘の不調に気づいていないようだ。

露は夢乃にバランスの良い食事を摂ってもらいたいと考え、しずくのランチに誘った。夢乃は露の誘いを喜び、父親の出張も重なったこともありランチにスープ屋しずくを訪れた。そして夢乃はスープを満足そうに食べ、食後は麻野が特別に用意したバナナとアーモンドのパウンドケーキを満喫したという。

二人で会話に話を咲かせ、露はお手洗いのため席を立った。そこで戻ったところ、夢乃が寝息を立てていた。客は他におらず、麻野たちは夢乃の眠りを見守った。その直後にドアベルが鳴り、理恵が来店したのだそうだ。

理恵はパンを口に運ぶ。ランチに添えられるパンはふわふわの丸パンとスライスされたバゲットの二種類だ。スープとの相性も抜群だが、添えられたバターをつけてかじると口いっぱいに小麦の風味が楽しめた。

露が辛そうに目を伏せる。

「最近は寝不足もひどくなっているみたいです。本気で怯えているせいなのか、金縛りに関しても口を閉ざすようになって……」

続いて露は夢乃について、『感じやすい子』だと表現した。他人の影響を強く受け、怒りや悲しみなどに引っ張られることが多いのだという。

「私のお母さんのお葬式のときも、夢乃ちゃんは本当に心配してくれた。私を励ますうちに悲しくなったのか、夢乃ちゃんが号泣しちゃったんです。一緒に泣いてくれる人がいて、すごく気持ちが楽になりました」

「優しい子なんだね」

露は目を細め、慈しむような笑みでうなずいた。理恵はミネストローネの最後のひとすくいを口に運んだ。スープの温度が低くなると、より甘みや旨味が感じられる。重なり合った野菜の滋味は気持ちを豊かにしてくれた。

麻野がルイボスティーをテーブルに置いてくれた。店内でのランチセットの場合にドリンクがつくのだが、理恵は胃に負担がかかるカフェインが苦手だった。そのため最近は何も言わなくてもルイボスティーを出してくれるようになった。

そこで夢乃が身動《みじろ》ぎし、目を開けた。しばらくぼんやりしてから周囲を探る。その間に露は元の席に戻っていく。夢乃は露を発見した途端、状況を把握したのか目を大きく見開いた。

「ごめん、あたし眠ってた？」

「もっと寝てていいんだよ」

夢乃が目元をこすり、背筋を伸ばす。軽く腰を浮かせてからお尻の位置を直した。

「ありがとう。充分眠れたよ」

夢乃が頬を朱に染め、目を細める。エアコンが店内を心地良く暖めている。麻野が二人のそばに近づき、トレイに載せた水のコップを夢乃の前に置いた。

「よかったらどうぞ」

麻野が微笑みかけると、夢乃は恥ずかしそうに頭を下げた。

「ありがとうございます。お店で寝てしまってすみませんでした」

夢乃は少しだけ早口で、女子小学生にしてはハスキーな声をしていた。喉が渇いていたのか、夢乃は水を飲み干した。すると麻野はトレイに載せてあったプラスチックの水差しからコップに水を注いだ。夢乃が再度会釈するのを見届け、麻野がカウンターまで戻ってくる。ひと息ついた夢乃に露が心配そうに話しかける。

「最近ますます寝不足気味だね。原因はやっぱり怪奇現象なのかな」

露の問いかけに、夢乃はコップを握りしめた。視線を避けるように目を伏せ、眉間に皺《しわ》を寄せている。何かを隠しているように理恵には見えた。黙り込む夢乃を前に、露は辛抱強く待っていた。すると夢乃が重苦しい表情で口を開いた。

「……馬鹿にしない？」

「もちろんだよ」

露がうなずくと、夢乃の緊張が緩む。そしてコップに入った残りの水に口をつけ、露を真っ直ぐに見据えて言った。

「実はお母さんが、幽霊に乗り移られたんだ」

露が驚きで目を丸くする。そんな露の反応をよそに夢乃が続きを語り出す。

寝不足の原因はこれまで、金縛りへの不安や幽霊を目撃することによる恐怖だったという。それだけでも寝るのを避ける理由になるが、夢乃はそれ以上の体験に遭遇したらしい。

「あたし昨日、大事な書類を間違えてゴミ箱に捨てちゃったんだ。最近仕事がうまくいかなくてイライラしているのもあって、お母さんはあたしをすごく怒った。もちろんわるいのは自分だから反省してる。そのときお母さんの様子が変になったんだ」

律子は突然よろめいてソファに座り込んだという。それから呂律《ろれつ》が回らなくなり、言動も意味不明になったそうだ。夢乃には目の前の母親が、突然何かに乗り移られたように見えたというのだ。理恵は、夢乃が本気で恐怖しているような印象を受けた。

露は戸惑いを見せつつも、夢乃の手を握りしめた。

「怖かったんだね」

露が本気で心霊現象を信じているかはわからない。だが少なくとも友達の心に寄り添おうとしている。不安を抱く相手への共感は、相手の気持ちを和らげるために大事なことだ。

「……ありがとう」

夢乃は露の言葉に涙ぐみ、安堵の表情を浮かべた。理恵が店内の時計に目を向けると、いつの間にか閉店時刻間際になっていた。同様に時計を見た夢乃が立ち上がり、ジャンパーに袖を通しながら露に笑顔を向けた。

「今日は誘ってくれてありがとう。もう帰るね」

それからバッグを肩に掛け、カウンターにいる麻野に頭を下げた。

「スープ、本当に美味しかったです。お母さんもまた来たいと言っていました。閉店ぎりぎりまでお邪魔してしまってすみません」

「お気に召したようでよかった。そうだ、露。柏さんをご自宅までお送りしてあげなさい」

「いえ、そんな」

夢乃が手を横に振ると、露が近づいて腕を絡めた。

「寝起きだからまだふらふらしてるよね。そんなに遠くないから付き合うよ」

「……ありがとう」

麻野父娘の提案を夢乃は泣きそうな顔で受け入れた。露が紺のダッフルコートを着て、二人揃って出入口に歩いていく。その際に理恵は夢乃の顔を近くで見た。目の下のクマは濃くて、表情に覇気がない。母親同様に疲れているようだ。

ドアが閉まるのを見届けてから理恵は口を開いた。

「夢乃ちゃんの睡眠不足は深刻みたいですね」

「そのようですね」

麻野が皿を拭きながら心苦しそうに応える。

理恵がルイボスティーに口をつけると、ミネラルを感じさせる優しい味が舌に広がった。カップを皿に置くとカチリと音を立てた。

「先日夢乃ちゃんのお母さんにお会いしたのですが、同じようにお疲れの様子でした。顔色もわるく、見ているだけで心配になるくらいでした」

麻野が皿を拭く手を止める。

「久しくお会いしていませんが、柏さんはお店にも何度か来てくださったことがあります。もしよろしければ、柏さんのご様子を伺ってもよろしいですか」

麻野の質問を意外に思う。普段なら様々な問題について、客から請われて初めて謎に取り組もうとする。理恵の知る限り、積極的に調べることはほとんどしたことがなかった。

「はい、私が見聞きした範囲でしたら」

理恵は知っている情報を伝えたが、大事な商談をすっぽかしたことくらいしかわからない。すると麻野は思案顔になった。

麻野はふいに考え事を始めることがある。そんなときはいつも、麻野にだけ見抜ける小さなヒントを丁寧にすくいあげているのだ。

「商談の件についてさらに詳しく知ることはできますか。一つ、気になることがあるのです。ただ未確定なことなので、詳しい理由は言えないのですが……」

「いいですよ」

理恵が即答すると、麻野が意外そうに目を瞬かせた。他人について調べるのは無遠慮な行為だが、麻野が望むなら相応の目的があるはずだ。そして麻野の行動が誰かの力になりたいという気持ちに基づいていることを理恵は理解していた。

「ありがとうございます」

麻野が笑顔を浮かべる。その表情に理恵の心臓の鼓動が跳ね上がる。眼差しに以前より親しみが籠《こ》もっていると感じるのは理恵の勘違いだろうか。

理恵は先日麻野に向けて、麻野の亡き妻である静句《しずく》に対する心情を吐露した。思い返すだけで気恥ずかしくなるが、理恵の偽らざる本心でもあった。

理恵の自分勝手な独白に、麻野から距離を置かれるかもしれないと思った。しかしあの日以降、麻野が理恵に向ける表情や発言が、以前より距離が近い気がしてならない。その証拠に次の週末には麻野の誘いによって、料理を教わることになっている。

今も沈黙と一緒にくすぐったい空気が流れている。錯覚かもしれないが、間違いでも突っ走るべきではないかと自問自答する。理恵は意を決して口を開いた。

「あ、あの」

「あれ、夢乃ちゃんがいないな。帰ったのか？」

姿を消していた慎哉が店の奥から顔を出した。

「え、えっと。麻野さん。お会計をお願いします！」

自分が何を告げようとしていたのかわからないけれど、少なくとも言いたかったのは会計についてではない。バッグを開けて財布を取り出しつつ、自分の臆病さを呪いたくなる。

「ありがとうございました。またのお越しをお待ちしております」

麻野は変わらぬ態度だ。柔らかな笑顔を貫くので、裏側で何を考えているのか読み取ることが難しい。麻野からお釣りを受け取って、社交辞令の挨拶を済ませてから店を出る。

朝から空模様は雲混じりだったが、隙間から注ぐ陽光がじんわりと空気を暖めていた。大通りに出ると、コートを脱いでいる人が散見された。理恵は仕事の続きを処理するため会社に戻った。

社員証を使って裏口から入る。エレベーターに乗っている最中、律子の噂の詳細を伊予から聞くためメッセージをスマホに入力した。仕事ではなく露の友達に関連する相談だと注釈を入れてから送信する。伊予からの反応はなく、理恵は仕事に集中することにした。

ひと息ついたところで社内の掛け時計を見ると、午後五時を指していた。帰ろうと思いスマホを確認したところ伊予からの返事が届いていた。メッセージを開くと、質問の答えが書いてあった。

律子は古くからの常連客の紹介で、とある資産家の娘夫婦の新居で使用する家具を見繕うことになった。今後の利益にも繋がる大きな商談だ。しかし大事な顔合わせの日、律子は予定時刻にやってこなかった。大幅に遅刻した際に律子は、疲労のため寝坊したと相手方に説明したという。

何とかその場は常連客の取り計らいで事なきを得て、商談は続けられることになった。しかし後日その顧客との打ち合わせに、律子はまたも寝坊で遅刻してしまう。結果として商談はなくなり、面子《めんつ》を潰された常連客も激怒してカシワとの縁を切ることになった。

律子はそれ以外にも何度か遅刻を繰り返しているという。悪評が広まり、カシワの売り上げは徐々に下がっていったそうだ。

「そんなことがあったんだ……」

理恵は伊予に感謝のメッセージを打ちながら呟く。麻野にメッセージをコピー＆ペーストして送ろうかと考えたが、スープ屋しずくの夜営業の時間が近づいていた。昼と夜で立て続けに訪問するのは気が引けたが、顔を出して口頭で伝えることにした。

帰り支度を整え、暗くなったオフィス街の歩道を進む。普段は満員のチェーン店の居酒屋は、土曜だからか客足がまばらだった。

赤信号で立ち止まっていると、理恵の隣に恋人らしき若い男女が並んだ。麻野への恋心を意識してからしばらく経つが、結局具体的な行動は取れていない。伊予に発破を掛けられているが、恋愛で積極的に動いた経験が乏しいせいで効果的なアプローチ方法は全く見当がつかない。信号は青に変わるが理恵は考え事のせいで歩き出すのが遅れ、男女は横断歩道を先に進んでいった。

下手に動くことでスープ屋しずくを訪れにくくなるのが怖かった。あの店での時間は理恵にとって大事な癒やしになっている。最悪の場合、あの大切な時間まで失うことになると考えてしまうのだ。

悶々としながら歩いていたら、あっという間にしずくのある路地までたどり着いた。太陽が沈みかけ、スープ屋しずくの店頭は早くも灯りが光っていた。

理恵が店先に到着したところで、向かいから露が近づいてくるのに気づく。露は背中を丸め、足取りが重いように見えた。沈んだ雰囲気に理恵は心配になる。

「露ちゃん、どうかした？」

「あ……」

呼びかけられた露は顔を上げ、そこで理恵に気づいたようだった。背後から西日が差し、影になって露の表情が見えない。

「……すみません。理恵さんにもお話を聞いてもらっていいですか？」

声色が暗く沈んでいる。理恵の返事を待たずに、露がスープ屋しずくに入っていく。理恵もついていくと、麻野がカウンターの向こうにいた。麻野はスプーンで料理の味見をしていて、慎哉は布巾とスプレーでテーブルを拭き掃除していた。

「あれ、露と……、理恵さん？」

麻野が首を傾げ、慎哉が掃除の手を止めた。

「二人して暗い顔だな。何かあったのか？」

「店の前で露ちゃんと会ったのですが、様子がおかしくて……」

理恵が答えると、露が戸惑いの視線を麻野に向けた。麻野がスプーンを手元に置いてから手を洗い、入り口付近の露に近づいていった。

「何かあったのかい」

麻野が優しく呼びかけると、露は重苦しい声音で答えた。

「さっきまで夢乃ちゃんの家にいたんだけど、お喋《しゃべ》りをしていたらおばさんが帰ってきたんだ」

露は見送りがてら、夢乃の自宅に立ち寄ったらしい。理恵が肩に手を添えると、露の身体が強張っていた。

「最初はお茶とお菓子を出してくれて、普通の感じだったんだ。でも途中でスマホに電話を受けたら、相手に必死な様子で何かを頼みはじめたの。多分仕事の話だったんだと思う」

しばらくして通話を終えたが、律子は焦った様子で「どうして！」と大声を上げた。状況だけで考えれば、仕事のわるい報《しら》せが届いたのだろう。するとその直後、律子の様子がおかしくなったという。

「おばさんが突然崩れるみたいにソファに座り込んだの。駆け寄ったらおばさんは何度も『大丈夫』って繰り返したんだけど、呂律が全然回っていなかった。そうしたら夢乃ちゃんが真っ青になって『またおばけが乗り移った』って呟いたんだ。……私も、本当に何かが取り憑《つ》いているように見えた」

露が目撃した状況は、以前夢乃が話していた幽霊の憑依《ひょうい》と同じだった。露まで目の当たりにしたとなると信憑性が増してくる。慎哉は半信半疑といった表情だが、一方で麻野は緊迫した様子の思案顔になっていた。

「あの、麻野さん……」

理恵はここに来た当初の目的を思い出し、律子が大事な商談を寝坊ですっぽかした件について報告する。話が進んでいくにつれ、麻野は眉間に皺を寄せていった。

「……なるほど、やはりそうでしたか。貴重な情報をありがとうございます」

麻野が理恵に礼を述べる。麻野は何かに気づいているようだ。店内を見渡すと開店作業はまだ残っている様子で、時計の針はオープン時刻である六時に近づいていた。

「お役に立てたなら光栄です。何か他にも協力できることがあれば仰《おっしゃ》ってください」

理恵は露の肩から手を離した。食事を摂るには少し早いため、理恵は帰ることにした。麻野と慎哉、露が店先まで見送ってくれる。

きっと麻野は持ち前の洞察力と知識を発揮して、律子と夢乃が抱える不安の正体を見抜いている。これから解決に向けて動き出すのだろう。日が沈んだ路地を歩きながら、柏親子の苦しみが解消されればいいと思った。それと同じくらい理恵は、困っている人を心配する麻野父娘の気持ちが報われてほしいと願うのだった。

仕事が立て込んだせいで、しばらくスープ屋しずくを訪れることができなかった。

4

目処がついた日の翌朝、理恵は早起きして家を出た。

冷え切った空気に耐えながら駅に向かい、改札をくぐってホームにたどりつくとすぐに電車が滑り込んできた。早い時間の車輌は空いていて、満員電車に揺られるより、精神的にも肉体的にもずっと快適だった。

会社の最寄《もよ》り駅に到着し、会社ではなくスープ屋しずくまで歩いていく。日が昇ったすぐ後の薄暗い路地に、店頭のライトが灯っていた。ドアにかかったＯＰＥＮのプレートを確認してからドアを開ける。すると暖房の暖かな空気が溢《あふ》れ出てきて、理恵は店内に入ってすぐにドアを閉めた。

「おはようございます、いらっしゃいませ」

今日も麻野が優しい声音で出迎えてくれる。理恵はカウンターテーブルにある椅子にバッグを置き、コートを脱いで店の壁際にあるハンガーラックにかけた。

理恵は店内の香りに違和感を覚える。普段漂っているブイヨンの香りが弱いように思えたのだ。その代わりに甘い空気が漂っている。

理恵が椅子につくと、麻野が訊ねてきた。

「本日のスープはちょっと変わり種で、旬の苺のスープです」

「苺って果物のですか？」

「はい。甘いスープなのですが、よろしいでしょうか？」

スープ屋しずくの朝ごはんは基本的に、その日の日替わりスープの試作品が出てくる。朝に作った品を改良して、昼以降に出すようにしているのだ。そのため早朝のメニューは一種類なので、苦手な食べ物が出てくる可能性もあるのだ。

それにしても朝に甘いスープが出てくるのは初体験だ。塩味のある料理が出てくると想定していたので意外に思ったが、考え直すとヨーグルトやフレッシュフルーツ、ジャムなど甘い朝食は珍しくない。それに麻野が作る苺のスープは楽しみでもあった。

「はい、大丈夫です。楽しみなくらいです」

「かしこまりました。少々お待ちください」

カウンターにある鍋に朝のスープが用意してあるらしく、麻野がレードルで皿に盛りつけた。理恵はカウンター脇から、取り放題のパンとルイボスティーを運んでくる。

「おはようございます」

そこで奥から露が姿を現し、麻野と理恵に挨拶をしながら店内に入ってくる。

「おはよう、露」

挨拶を返すと、露は理恵の隣の席に腰かけた。麻野がもう一枚皿を用意してから露の分も盛りつけ、理恵たちの前に皿を置いた。

「わあ、見た目も可愛いですね」

ガラス製の皿に赤色の透き通ったスープがたっぷりと盛られている。具材はスライスされた苺とクリームのようなものが載せられ、グリーンのミントが華やかに彩っていた。可愛らしい見た目に朝から気分が上向いてきた。

「いただきます」

さっそく金属製のスプーンを手に取ってスープを口に運ぶ。ひんやりとしたスープを出すためか、普段より暖房が強めに効いている気がした。

「わあ、美味しい」

先に食べていた露が感嘆の声を漏らす。理恵も思わず口元が綻ぶ。まず口に含んだだけで、苺の香りがふんだんに感じられた。果物としての甘みも強いが、酸味もしっかりと楽しめる。朝にぴったりの味わいだ。それに苺だけではない不思議な甘みが感じられるが、その正体はわからない。

続けて載せられたクリームを口に運ぶと、濃厚な旨味は生クリームとも違っていた。理恵は一瞬混乱するが、すぐにマスカルポーネチーズだと思い当たる。マスカルポーネチーズはティラミスに使用される材料だが、単体ではほとんど食べたことがなかった。独特の舌触りと濃密なコクは酸味の効いた苺との相性が抜群だ。

スライスされた生の苺も瑞々しく、嚙みしめるたびに果汁が口の中で弾ける。ディナータイムに何度かデザート代わりの甘いスープを食べたことはあるが、今後も朝に続けてほしいと思えるくらい幸せな体験だった。

「最高です。これって苺以外にも何か味がしますよね。考えてもわからないのですが、何か入っているのですか？」

理恵の質問に麻野は嬉しそうに笑顔を浮かべた。

「よく見抜きましたね。実は隠し味が入っています。こちらも合わせてお食べください」

麻野が小皿に載せたジャムをテーブルに載せる。真っ赤な色のジャムは原型がわからず、理恵は首を傾げる。

「これは何でしょう」

「苺とローズヒップのジャムです。実は今回のスープにも、ローズヒップを使っています」

「ローズヒップって、赤くて甘酸っぱいハーブティーに使われているやつですか？」

「一般的にローズヒップティーと聞くと、そのような味を想像されますよね。ですが実はあの色と味は一緒にブレンドされるハイビスカス由来なのです。ローズヒップは味の個性は控えめですが、深いコクを与えてくれます。それにビタミンCやミネラルなどの栄養素を大量に含んでいるのですよ」

「そうだったんですね」

理恵がもう一度スープを味わうと、しっかりとした味の土台を感じられた。

「ローズヒップの栄養成分は水溶性以外に、脂溶性も多く含みます。そのため煮出した後の実を食べることで栄養を丸ごと摂取できます。苺と組み合わせてジャムを作ってみたので、パンと一緒にお楽しみください」

麻野に勧められ、理恵は柔らかな丸パンにジャムを塗る。甘みの利いたねっとりとした食感で、ドライトマトを思わせる強い旨味が感じられた。苺の香りと酸味もアクセントとなって、パンとの組み合わせはばっちりだ。

理恵は店内奥のブラックボードに目を向ける。苺はビタミンCを豊富に含み、他にも虫歯予防に効くとされるキシリトール、抗酸化作用のあるフラボノイドなどが含まれているという。

またローズヒップにも、ビタミンCの爆弾という別名があるほどビタミンCが大量に含まれているらしい。さらにビタミンPの効果によって、壊れやすいビタミンCを効率よく摂取できるという。他にも貧血予防に嬉しい鉄分もたくさん摂取できるそうだ。

それだけではなく、抗酸化作用のあるリコピンがトマトの八倍も入っているなど、ローズヒップは様々な栄養素を含んでいるという。苺もローズヒップもバラ科の植物なせいか、味の相性はぴったりだった。

苺のスープにマスカルポーネを溶かし込み、コクを深めた味を楽しむ。甘い朝食を出しても麻野の料理は絶品だ。麻野は下拵えのため、セロリを包丁で刻んでいる。

ひと息ついてから理恵は麻野に話しかけた。

「柏さんから聞いたのですが、例の件は解決したみたいですね」

先日、仕事で律子と会う機会があった。その際に律子から怪奇現象の真相を聞くことができた。麻野がセロリをボウルに移し替え、すまなそうに答える。

「実はそうなのです。理恵さんにもご協力いただいたのに、ご報告が遅れてしまって申し訳ありません」

「いえいえ、気にしていませんよ」

解決に導いたのは麻野からの助言だったと律子から聞いている。あの後、麻野は露を通じて律子と夢乃をスープ屋しずくの朝食に招待したらしい。律子は最初忙しさのため難色を示したそうだが、夢乃に説得されて渋々といった様子で訪れた。そこで麻野は律子に、夢乃が怪奇現象に悩まされていること、そしてその真相についての推理を伝えたという。

麻野は人参を丁寧に洗いはじめた。それから皮を剝かずに包丁で切りはじめる。どうやら皮付きで調理するらしい。野菜の旨味を余すところなく味わうためだろう。

「原因はナルコレプシーだったようですね」

「はい、その通りです」

麻野が人参を刻みながらうなずく。店内に小気味よいリズミカルな音が響く。理恵もナルコレプシーという病気があることは知っていた。日本語では過眠症と訳される、突如眠りについてしまう病気のことだ。

今回の騒動はナルコレプシーが発端だったのだ。

麻野が最初に違和感を抱いたのは、柏さんが大事な商談に寝坊したことらしい。何度か会ったことがあり、近所なので本人の評判も聞いていたという。その上で寝坊で約束をすっぽかすような人だとは思えず、何かの原因があるのではないかと考えたのだそうだ。

「寝坊の件以外にも気づいた理由はありました。それは金縛りと幽霊の目撃情報です」

「どういうことですか？」

理恵が訊ねる横で、露はスープを味わいながら話に耳を傾けていた。すでに話を知っているとは思うが、真剣な眼差しを麻野に向けている。

「ナルコレプシーには突然眠りに落ちること以外にも特徴があります。まずは入眠時の金縛り、そして幻覚を見るなどの症状です」

「金縛りと幻覚？」

幽霊の目撃を幻覚とするなら、どちらも夢乃が訴えていた怪奇現象だ。

「つまり夢乃ちゃんがナルコレプシーだったということですか？」

しかし麻野は首を横に振った。麻野は刻んだ人参をボウルに入れてから、さらにたくさんの人参を用意した。

「夢乃さんがナルコレプシーである可能性も確かに疑いました。しかし学校で突然眠ったなどの話は露から一切聞いていません。そこで僕は、夢乃さんが周囲に感化されやすい性格であることに着目しました。そして夢乃さんに最も影響を与えるのは、一緒に暮らす母親です」

麻野は、律子が金縛りで苦しむ姿を夢乃が目の当たりにしたのだと説明した。うなされる様子に不安を抱いた夢乃は、自身も金縛りに遭うのではと思い込んだ。そして心配がエスカレートし、実際に自己暗示で金縛りにかかってしまったのだそうだ。

「金縛りと同様のことが幽霊の目撃談でも起きたのでしょう。柏さんは入眠時に幻覚を見て、うわごとを繰り返した。姿は実際にないわけですから、夢乃さんは幽霊が出てきたと思い込んでしまった」

夢乃は極度の不安に陥った。その結果、睡眠不足状態で寝ぼけて見た夢を、実際の幽霊体験だと信じ込んでしまったのだ。

理恵の友人にも小学生のころ、怪奇現象に本気で遭遇したと信じていた子はいた。金縛りも幽霊の目撃談も、思い込みの激しい女の子なら充分あり得ることだと思えた。

「加えて夢乃さんは、柏さんが情動脱力発作を起こす姿を目撃した。怪奇現象であるという思い込みが先にあったせいで、幽霊が乗り移ったと真っ先に考えたのでしょう」

「情動脱力発作？」

理恵の疑問について、麻野が説明をしてくれる。情動脱力発作とは泣いたり怒ったりなど感情が高ぶった際に、急に力が抜ける症状なのだという。呂律が回らなくなり、急に崩れ落ちるなどといった状況は露が目撃した律子の異変と同じだ。

話を聞いていた露がスプーンから手を離した。

「あのときは本気で何かが乗り移っているように思いました」

その瞬間を思い出しているのか、露が眉根に皺を寄せる。居合わせた際、露の念頭には怪奇現象があった。幽霊だと勘違いするのも仕方ないことなのだろう。

律子は自分に起きる症状の数々に気づいていたが、仕事の疲れのせいだと軽く考えていた。金縛りや幻覚は疲れとストレス、睡魔は睡眠不足が原因だと思い込んでいたようだ。

加えて、多忙ゆえに病院へ行くことも考えていなかった。麻野からの指摘にも、最初は拒否反応を示したらしい。だが母親を本気で心配する夢乃の説得、そして夢乃の生活に影響を及ぼしていることもあり、病院で受診することを決めた。

「ナルコレプシーには遺伝的な要素も関わるといいます。夢乃さんがナルコレプシーである可能性もあるため、親子で一緒に病院で検査を受けたようです」

その結果、専門医によって律子がナルコレプシーであることが判明した。そして夢乃はナルコレプシーではないという診断が下ったという。

理恵が律子から話を聞いたのは、病状が判明した後のことだ。実はナルコレプシー発症にはストレスが大きく関わるという説もあるという。そのため律子は一旦店を休み、治療に専念することに決めたそうだ。

休んでいる最中に、店の今後の方針も見直すらしい。広告出稿が取りやめになったのは編集長代理として痛いが、店は必ず再開させると律子は話していた。イルミナとしては、新たな船出の際には可能な限り支援したいと思っている。

露が理恵に頭を下げた。

「おかげで夢乃ちゃんはすっかり元気になりました。理恵さんが協力してくれたおかげです。ありがとうございました」

「ううん。私は大したことはしていないよ」

理恵は首を横に振る。夢乃と律子を救ったのは露の友達への思いやりと、麻野の鋭い推理力の賜物だ。

露がスープを味わいながら、麻野に学校での出来事を話している。楽しそうな露に、麻野が包丁を動かしながら笑顔で返事をしていた。

麻野は今回、普段より積極的に人助けに動いた。それはおそらく無理をして働こうとする母親や、辛い想いをしている子供を助けたいという気持ちがあったのだと思われた。それは麻野の根幹を成す考え方だ。

麻野は何を考え、何に心を動かされるのだろう。麻野のことをより知りたい気持ちが湧き上がってくる。二人のやり取りを眺めながら苺を口に運ぶと、果汁が口いっぱいに広がった。爽やかな酸味と豊かな甘みに、理恵は春の始まりを感じるのだった。

第二話

野鳥の記憶は水の底に

1

スープ屋しずくのディナータイムは毎晩、心地良い賑《にぎ》やかさに包まれる。主な客層は会社員で、アルコールが入っているため静かとは言えない。しかし不思議と必要以上に大きな声で喋る客がいないため、ゆったりとした気持ちで会話を交わせるのだ。これもきっと慎哉や麻野が生み出す雰囲気のおかげなのだろう。

伊予は店内を眺める。オレンジを基調とした暖色の明かりに照らされ、程よい暖房が二月半ばの寒さから防いでくれている。麻野は調理のため厨房に姿を消していて、ホールでは慎哉が手際よく客を捌《さば》いていた。

金髪をツンツンにセットし、冬なのに肌が浅黒く焼けている慎哉はワインボトルを手にしながら、テーブル席の女性客と会話を弾ませていた。慣れた手つきでワイングラスに濃厚な赤色の液体を注いでいる。そこで奥の厨房から麻野が出てきて、カウンターの裏に何かを置いた。慎哉に声をかけてから忙しそうにしつつ厨房に引っ込む。

ワインを注ぎ終えた慎哉がカウンターの裏に回り込んだ。ワインをしまってから、両手いっぱいに皿を載せてホールに戻ってくる。二人の息はぴったり合っている。慎哉は伊予たちの席に近づき、白い歯を見せて笑った。

「待たせちゃってごめんね。ご要望のジビエ料理フルコースだよ」

「わあ、楽しみです」

伊予と友人を含めた三人が歓声で料理を出迎えた。

長谷部伊予はスープ屋しずくの近所の会社で働いている。現在はフリーペーパー『イルミナ』の編集者として、編集長代理の理恵の下で日夜業務に励んでいる。

テーブルにいる友人の本戸《ほんど》瑠衣《るい》が目を輝かせた。瑠衣は猟銃や狩猟の免許を持つ狩りガールで、休日になると恋人の二神《ふたがみ》と一緒に山に入っている。まだ初心者のためほとんど成果を挙げられていないらしいが、ジビエ料理——自然に生きる鳥獣の肉を使った料理への興味は人一倍強いようだ。

だがもう一人の友人、皆良田《かいらだ》文《ふみ》は全身で警戒し、テーブルの上の皿に対して不安そうな眼差しを向けている。

文はさっぱりしたショートカットで、きりっとした眉毛の宝塚の男役みたいな精悍《せいかん》な顔立ちだ。スタイルがよく背筋も常に伸びていて、高校時代は後輩女子に慕われていた。

慎哉が皿を手で指し、料理の解説をはじめてくれる。

「まずはこれがジビエの前菜盛り合わせ。こっちから猪《いのしし》ロース肉のハムと猪肉のサラミ、蝦夷《えぞ》鹿のパテ、雉《きじ》肉の燻製《くんせい》だね」

木肌の質感を活かした木製の皿に、様々な肉料理が少量ずつ盛られている。付け合わせはキュウリのピクルスとキャロットラペだ。ハムやサラミなど身近な調理法ばかりだが、普段目にする肉より色が濃いような気がする。

「それじゃ楽しんでいってね」

慎哉が取り皿をテーブルに置き、軽い調子で席を離れていく。途中で他の客に呼び止められ、ワインの注文を取りながら空いた皿を回収し、カウンターに置かれていた別の皿を運んでいる。効率的で機敏な動きは見ているだけで気持ちが良いが、伊予はまず目の前の料理に向き合うことにした。

「心の準備はいいかな」

「もちろんだよ」

伊予が呼びかけ、文が小さくうなずいた。店を予約する際にジビエ料理をたくさん食べたいと麻野にリクエストをしたのは、文の悩みが発端だった。

文は伊予の高校時代の友人だ。中学から一緒だった瑠衣も同じ高校で、三人は二十代半ばになる今でも付き合いが続いている。行動力があり気遣いもできる文はどんなグループにあっても中心人物だった。そんな頼り甲斐《がい》のある文が、ジビエを前に不安な表情を浮かべている。

文には現在交際している男性がいた。付き合って二年目で、互いに結婚も意識しはじめているそうだ。相手の男性はアウトドア派で、休日には山登りを趣味にしている。

その恋人は最近、ジビエ料理に強い関心があるという。登山の際に友人たちと宿泊した山奥の民宿で食べた猪鍋《ししなべ》に感動したのがきっかけらしい。

現在ジビエ料理は注目を浴び、都内では鹿肉や猪肉、珍しい鳥類などを出す飲食店が増えた。文は恋人からジビエ料理を食べに行こうと誘われていたが、適当な理由をつけて断り続けていた。それは文がジビエを怖がっているためだ。

以前から瑠衣が猟をしていることを知っていた文は、ジビエにまつわる悩みを相談した。そこから伊予にも話が回ってきて、しずくを予約することになったのだった。

文がフォークを手にする。前菜盛り合わせに腕を伸ばそうとしたけれど、すぐに引っ込めてしまう。恋人からジビエを食べようと提案されたとき、文の心にふいに拒否の気持ちが芽生えたらしい。自身も理由がわからず戸惑ったが、なぜかジビエを食べたくないと直感したのだという。

瑠衣が不安そうに呼びかけた。

「どうしても駄目なら無理しなくてもいいんだよ」

「ううん、挑戦してみる」

文が猪肉のハムをフォークで刺した。岩塩と少量のオリーブオイルがかかったハムは、豚肉よりも血を感じさせる色合いが濃く、脂が分厚かった。伊予も食べてみることにして、フォークで刺してから口に運んだ。ゆっくり咀嚼していると、文が拍子抜けしたように呟いた。

「……思ったより普通だ」

「だよね。全然臭みがないし、特別固いわけでもない。味は豚肉に似ているよね」

文の感想に、伊予は飲み込んでから同意した。普通というと語弊があるかもしれない。間違いなく美味しいのだが、野生肉という言葉が与える印象とかけ離れているのだ。伊予の感想に文がうなずく。

「独特の風味があるけど、別に嫌な味じゃないし。ちょっと味の濃い豚肉と言われてもわかんないかも」

続けて同じハムを味わっていた瑠衣も口を開いた。

「これはすごくいい猪だね。特に脂がたまらないな。多分良質などんぐりを餌にしているのだと思う」

瑠衣の食べ慣れた上と思われる感想に、文が納得したようにうなずく。

「そう、何か木の実みたいな味がする」

「野生動物は食糧によって身質が大きく変わるの。フルーツばかり食べていれば果実みたいな香りがするし、海藻を主食にする海鳥は実際に魚みたいな味がするんだ」

魚の風味の鳥肉は想像がつかないが、あまり食べたくないかもしれない。続けて手を伸ばしたパテや燻製はどれも絶品だった。

猪肉のサラミは冷菜なのに脂が舌の上でスッと溶け、蝦夷鹿のパテは赤身肉の旨味が感じられ、鉄分の味がレバーを思わせる。雉肉の燻製はしっとりとした食感で、スモークの香りと脂の独特な風味はワインとの相性が抜群だった。

「正直言うと、イメージ通りに癖の強いジビエ料理はたくさんあるよ。やっぱりジビエの質と料理人の腕前が大事だね」

瑠衣がワインを口に運びながら、楽しそうに語り始める。ジビエ料理の味は様々な要素が絡むらしい。臭みがあって固いというイメージも決して間違いではないという。

「ジビエは個体差によって味が大きく変わるんだ。鹿も猪も雄と雌で味が違うし、生息域や年齢、時期でも一週間単位で味が変化するの」

加えて猟師の処理によっても左右されるらしい。血抜きや内臓の処理など、適切に手を加えなければ質が一気に落ちるという。流布しているジビエの悪評は、劣化した野生肉が原因なのだと瑠衣は言い切った。

「加えて麻野さんの腕前も惚れぼれしちゃうよね。どの料理も臭みを抑えつつ癖を活かし、美味しさを充分に引き出している。狩猟仲間にも味わってほしいなあ」

かつての瑠衣はふわふわとした性格で、転職を繰り返すなど地に足が着いてない印象だった。しかし狩猟に興味を抱き、実際に山に出るようになってから身に纏《まと》う空気が大きく変わった。何事にも真剣に取り組むようになった瑠衣のことを、伊予は友人として大切に思いつつ、一人の人間としても尊敬していた。

　そこへ慎哉が新たに皿を運んできた。

「じゃーん、お待たせ。本日のシェフの自信作、鹿すね肉のポトフだよ」

「鹿肉でポトフですか？」

　文が目を丸くする。今日のメニューは全て麻野に任せてある。ジビエというと荒々しい味というイメージが強く、伊予も以前スープ屋しずくで食べるまでジビエには臭みがあると信じていた。そしてポトフはあっさりした料理という印象が強い。

「普段はなかなか鹿のすね肉は手に入らないんだけど、二神さんが良質な素材を回してくれたとシェフは喜んでいたよ」

「お役に立てて光栄です。きっと亮介《りょうすけ》くんも喜ぶと思います」

　今回使われるジビエは二神亮介が仕入れてきたものらしい。恋人の猟の成果が褒められたことが嬉しいのか、瑠衣の頬が朱に染まる。

　目の前に置かれたスープ皿にはキャベツや人参、蕪《かぶ》などポトフで定番の野菜がたっぷり入っていた。スープの色合いは、普段スープ屋しずくで出される豚肉やソーセージなどを使った黄金色よりも濃い茶褐色で、底が見通せるほど澄んでいる。

　そして皿の中央には肉の塊が鎮座していた。牛肉を煮込んだものと同じか、それよりも濃い色をしている。取り分け用の大きなスプーンを伊予が手に取る。すね肉をスプーンの先で押すと、繊維質になって簡単に解れた。

「すごく柔らかい」

しっかり煮込まれているらしく、鹿肉はほろほろと崩れた。ゼラチン質のたっぷりついた肉と野菜を小皿に取り分ける。金属のスプーンを手に取り、伊予はまずスープをすくって口に運んだ。ゆっくり舌に載せ、味わってから飲み込む。

「綺麗な味」

ハーブの香りが鼻に抜けた後、伊予は素直な感想を漏らす。豚や鶏のブイヨンとも違う味で、強いていえば牛に近いが、もっとあっさりしていて、見た目通りに味が澄み切っている。くどさがなく、野草のような爽やかさがある。野菜の旨味と、いくつも重なり合ったハーブの風味が混ざり合い、華やかでいて繊細な味わいに仕上がっていた。

文や瑠衣もスープを味わいながら驚いた様子だ。伊予は続けて肉に取りかかる。しっかり煮込まれた肉は食べ応えがあり、ゼラチン質のねっとりとした食感に加え、鹿肉特有の鉄分が感じられた。なおかつスープを吸った肉は、噛みしめるほどにジューシーさを堪能できる。キャベツや人参なども柔らかく煮込まれ、野菜の味が存分に楽しめる。

文が小さくため息をつくのを見て、伊予はスープを堪能しながら質問した。

「ジビエ初挑戦の感想はどうかな？」

「とっても美味しいよ。これまで食べなかったのが損に思えてくるくらい。でも実は初ジビエじゃないはずなんだ」

「そうなの？」

初ジビエじゃないはず、という曖昧な言い方が気になった。意味を訊ねると、文は幼少期の思い出を語り始めた。

「随分前に亡くなっちゃったけど、おばあちゃんが猟師をやってたんだ。小学生くらいのときに何度も家に遊びにいったから、そのときに山のお肉を食べていたはずなんだよね。でも何を食べたか覚えてないんだ」

「えっ、詳しく知りたい」

瑠衣が興味津々といった表情で前のめりになった。同じ道を歩んだ同性の先輩の存在が気になるのだろう。

文の父方の祖母は山間部にある集落で一人暮らしをして、女手一つで文の父親を育て上げたという。そして文の父親が大学を卒業し、都内にある企業に就職をしたのを見届けてから、亡き夫が遺した道具を使って猟師になったらしかった。

「おばあちゃんは無愛想で言葉遣いも荒々しくて、正直怖い印象だったな」

「何となくわかる。わたしを指導してくれる猟師さんにも、ぶっきらぼうな人が多いよ。でも交流を深めれば、根は優しいってわかってくるんだけどね」

瑠衣がフォローらしき発言を挟むけれど、文は曖昧な表情で同意を避けた。

文の祖母は、文が中学に上がる頃に病気で亡くなったという。それまで毎年訪れていた際に、鹿肉や鴨肉といった言葉が交わされていた覚えがあるらしい。自然に考えればジビエを食べた経験があるはずだが、文の記憶はぼんやりしているのだそうだ。

「自分でも不思議なんだけど、おばあちゃんとの思い出がほとんど残っていないの。記憶は断片的で、どんな料理を食べたかもあんまり憶えていないんだ」

「文がジビエを避けるのは、そのときの記憶が関係するのかな」

伊予は疑問を口にしてから人参を味わう。くたくたに煮込まれた実は甘さがありながら、人参特有の土臭さを主張している。それが鹿肉の出汁《だし》と混ざり合い、大地の滋養を感じさせる味に仕上がっていた。瑠衣が首を傾ける。

「どういうこと?」

「文にとってマイナスの経験があったせいで、ジビエを避けるようになったのかも。さらに嫌な思い出を忘れようと思って、当時の記憶が消えちゃうとかもあり得るよ。ちょっと前だって、同窓会で話が食い違ったじゃん」

「そんなこともあったね」

瑠衣が苦笑いする。人間の記憶はいい加減だ。忘れたいことを忘れて、それが真実だと思い込むことは珍しくない。

昨年くらいに高校時代の知り合いで集まった際の会話を思い出す。在学当時、クラスメイトの乱暴な男子の一人が、面白半分で小柄な男子を小突いていた。ひょろっとした体格の小柄な男子は普段から狙われやすかった。

伊予もその場にいて、目に余ると思ったが何も言えずにいた。しかしそこで文が激怒し、乱暴な男子に詰め寄ったのだ。

女子から注意され引っ込みがつかなくなったのだろう。男子は高圧的に言い返したのだが、文は負けじと正面から向かい合った。

しばらく口論が続いた後、頭に血が上った乱暴な男子は握りこぶしを大きく掲げた。おそらく直接暴力を振るうつもりはなく、単なる脅しだったのだろう。

しかし次の瞬間、文は防御の姿勢を取るために両腕を振り上げた。勢いには躊躇《ちゅうちょ》がなく、偶然にも手の硬い部分が乱暴な男子の顎先を直撃した。直後、乱暴な男子はその場に崩れ落ちてしまう。

ボクシングなどでパンチが顎に当たり、あっさり失神することがある。その場にいた格闘技に詳しい男子の説明では、タイミング次第では弱い衝撃でも脳を揺らすことができるらしい。文の腕は偶然にも男子をノックアウトしてしまったのだ。

その場は周囲の証言により、文に処分が下ることはなく収まった。乱暴な男子はしばらく居心地悪そうにしていて、気弱な男子へのからかいもなくなった。

問題は十年弱経過して行われた同窓会での会話になる。乱暴な男子はその後改心したようで、真面目そうな会社員になっていた。そこで昔話に花を咲かせていた際に、文にノックアウトされた話題になった。

だがその男子は、事件のことを一切憶えていなかった。そして「俺が女にKOされるなんてあり得ない」と同窓会が終わる時点でも言い張っていた。とぼけているのかと思ったが、本気でそう信じているようだった。あまりに確信した物言いに、伊予の記憶が間違いなのかと心配になるくらいだった。

文が皿を傾け、スープの一滴までスプーンですくいながら言った。

「あれは驚いたな。本人にとってよっぽど忘れたい記憶で、そのせいで実際に頭の中から消えてしまったのかもね」

記憶のいい加減さには日常でもたまに遭遇する。プライベートではもちろん、仕事でも取引先と言った言わないのトラブルになることもある。伊予の側からすると間違いなく相手が発言したという記憶があるが、それは相手方も同じなのだろう。

伊予はスープを平らげ、ひと息つく。赤ワインのグラスを傾けると、濃密な渋みとアルコール分が舌の上に広がった。

「そんな感じで、文にとってジビエに関する嫌な思い出があったんじゃないかな」

「動物の解体なんかは、小学生には衝撃的かも」

瑠衣が思い出すように目線を上げた。伊予は瑠衣と一緒に猟の見学をしたことがある。その際に瑠衣だけが仕留めた鹿の処理に立ち合ったが、伊予には到底無理そうだった。

「ううむ、どうなんだろう」

文は納得できていないといった様子で腕を組んだ。他人から記憶の改竄《かいざん》を疑われても、本人が信じるのは難しいだろう。そこに慎哉が新たな一皿をテーブルに運んできた。店内は満席で、各々の客たちの話し声が飛び交っている。

「お待たせ。メインディッシュの真鴨のローストだよ。真鴨のガラのフォンをベースにしたバルサミコソースは、肉との相性が絶品だから期待しておいてね。あっ、ドリンクの追加はどうかな？」

「それじゃ料理に合ったワインをお願いします」

「オーケー。鴨にぴったりのスペインワインがあるんだ」

スープ屋しずくのディナータイムはスープをメインにしながら、お酒と相性の良い料理を多数用意している。慎哉は料理をテーブルに配膳してから、慌ただしく席から離れていった。

伊予たちはテーブルに載せられた皿に向き合う。真っ白な陶器皿に鮮烈な赤色をした鴨の肉がたっぷり盛られていた。スライスされたロース肉もあれば、骨付きのもも肉もこんがりとした焼き目がついている。それにレバーなどの内臓も添えられていた。肉には赤褐色のソースがあしらわれている。これが真鴨の出汁とバルサミコ酢を合わせたソースらしい。皿の上には真鴨が丸ごと一羽盛られていることになる。

慎哉がワイングラス三つとボトルを手に戻ってくる。グラスにスペイン産だというルビーのような色のワインを注いでから、再びホール仕事に戻っていった。

期待に胸を膨らませ、伊予はローストを取り分ける。鮮やかなロゼに焼き上げられたロース肉を、ナイフとフォークで切り分けて口に近づけた。

「では、いただきます」

噛みしめた瞬間、鴨肉のジューシーな肉汁が口いっぱいに広がった。身質は弾力があり、心地良い歯応えがある。ミネラル分を感じさせる血の味わいは鶏肉にはない鴨肉ならではの特徴で、噛めば噛むほど滋養が感じられた。分厚い脂の表面はカリカリに焼かれ、舌の上でじんわりと旨味となって溶け出した。

「めちゃくちゃ美味しい！」

さらに驚きなのがソースの味の深みだった。インパクトの強い肉の味わいの後に、真鴨の旨味の余韻が長く続くのだ。ソースに使われているという真鴨のフォンの賜物なのだろう。スープを得意とする麻野の本領が、肉料理でも発揮されているのだ。さらに鴨の独特の香りに相まって、バルサミコ酢の果実の酸味と甘みが味覚と嗅覚を刺激する。

「本当、すごく美味しいね……」

瑠衣も文も小さく呟いた後は、黙々とナイフとフォークを動かしている。素晴らしい料理を前にすると会話がなくなるのは仕方ない。伊予はワイングラスを傾ける。コクのある滑らかな赤ワインは、鴨の味を引き立ててくれる。ソムリエ資格を持つという慎哉のセレクトは相変わらず料理とのマリアージュを考えてくれている。

しばらく食べ進めた後、ふいに文がつぶやいた。

「……思い出した。おばあちゃんは鳥撃ちだった」

伊予と瑠衣は顔を見合わせる。文はもも肉の骨の部分を指でつまみ、肉をかじっていた。伊予も同じようにして食べると、骨周りの肉のジューシーさが感じられた。

「この肉を食べたら、急に思い出したんだ。おばあちゃんの家に鳥が吊るされているのを見たことがある。緑色の首だったり茶色だったりで、どれも鶏とは違っていた」

「緑色なのは青首鴨、つまり今食べている真鴨のことだね」

瑠衣がすかさず答える。嗅覚や味覚が記憶と結びつき、思い出す際の呼び水となったのかもしれない。

文が話を続ける。祖母の家で文はたくさんの仕留められた鳥を見かけたという。高齢女性が単独で猟をしていたのであれば、大型の猪や鹿を運ぶのは重労働のはずだ。鳥をメインに狙うのは必然だろう。

「おばあちゃんは自宅で私に隠そうとせず、羽根をむしったり解体したりしていた。どうして忘れていたんだろう」

「やっぱり鳥を捌くのを見るのが辛かったとか？」

瑠衣の質問に文は首を横に振った。

「違うみたい。今思い出しても気にならないし、当時の私も食べるために仕方ないことだからと受け入れていたように思う」

むしろ子供のほうが、生き物の命を奪って食べることに順応するのかもしれない。

伊予は指先を拭いてから、レバーをフォークで刺して口に運ぶ。ねっとりとしたレバーは臭みがなく上品で、滑らかな舌触りはペーストかと勘違いするほどだった。

伊予はふいに浮かんだ疑問を口にする。

「昔おばあさんの家で食べた野鳥の肉はどうだったの」

「すごく美味しかった。ただ焼いただけなのに、新鮮だったから全然臭みもなかった。思い出補正があるかもしれないけど、ここの料理にも負けてないくらい」

「それならどうしてジビエに抵抗感を抱いてたんだろうね」

伊予の疑問に文が黙り込む。文が昔食べたというジビエは美味しくて、なおかつ解体にも忌避感を抱いていなかった。文の胸の裡《うち》にあったという感情の正体が、伊予には全く見当もつかなくなる。

伊予は再び鴨のロース肉を口に運ぶ。みっちりとした質感は、肉を噛み切る楽しさを与えてくれる。疑問は解消されなかったけれど、文はジビエの味を楽しんでいる様子だ。ジビエを克服するという本来の目的は達成されたのだ。

気がつくと赤ワインがなくなっていたので、伊予は慎哉に声をかけた。今は目の前の食事を全力で楽しむことにした。慎哉は伊予の状況を察したのか、何も言わずに先ほどとはラベルの違う赤ワインのボトルを持ってきてくれた。

2

小学生の頃、ホームパーティーに憧れていた。外国のドラマや映画に出てくるパーティーは華やかで、何より行事と関係なく開かれるのが魅力だった。伊予の周囲でパーティーといえばクリスマスや誕生日くらいなのに、外国では些細な理由で催される。そこで親にせがんだが軽く一蹴され、伊予の憧れはさらに強まった。

そんな伊予の願いは高校生のときに叶った。クラスメイトだった文の家のホームパーティーに招待されたのだ。文の父親は海外を飛び回る仕事をしていて、文の母親の一族も海外と縁があるという。文の母親は長い間アメリカで暮らしていたためかホームパーティーの習慣があり、裕福で家も広かった。

最近は顔を出していなかったが、伊予はひさしぶりにパーティーに参加した。文の噂の恋人が参加すると聞きつけたからだ。それなりにおめかしをして、開始時間である夕方六時を少し過ぎた時刻に皆良田宅を訪れた。高級住宅街の一画にある一軒家は大きく、広々とした庭は丁寧に手入れされていた。

チャイムを押すとすぐに文が出迎えてくれた。会場となるパーティー専用の部屋は二十五平米くらいありそうで、ソファやテーブルなどが整えられている。白と黒を基調にしたシンプルなデザインの内装はスタイリッシュで、白色の照明が室内をくっきりと照らしていた。

文がウェルカムドリンクとしてスパークリングワインを渡してくれた。立食形式の会場はキッチンスペースと一体化しており、料理をしていた文の母親に挨拶をする。

「本日はお招きいただきありがとうございます」

「いらっしゃいませ、伊予ちゃん。おひさしぶりね」

手土産の白ワインを渡すと、文の母親である皆良田綾《あや》は喜んで受け取ってくれた。

綾は男勝りな娘の文と違い、おっとりとした性格だった。下がった目尻と長い睫毛は少女向けの人形のような印象を与える。高校時代に文を慕っていた女子に、こんな子がいた気がした。

挨拶を済ませてから、伊予はテーブル席に目を向ける。見知った顔もあれば、初対面の人も少なからずいた。テーブルには大皿があり、クラッカーにスモークサーモンやクリームチーズ、魚卵などが載ったカナッペが彩っている。

話し相手を探していると、文が一人の男性の前に誘導してくれた。

「こちらが現在お付き合いさせてもらっている有馬《ありま》さん」

「文ちゃんの友人の長谷部伊予です」

「初めまして。有馬俊道《としみち》です」

差し出された手を握ると、とても大きな手のひらだった。身長が百八十センチ以上ありそうで、なおかつ筋肉質だ。有馬は都内の飲料品メーカーの宣伝部で働いていると教えてくれた。

「大学時代はフットサルをしていたのですが、卒業後に身体が鈍《なま》ってきて困っていました。そこで友人に誘われて登山をはじめたのですが、どんどんのめり込んでしまいました」

有馬が体育会系特有の快活な笑みを浮かべた。伊予が昔好きだった先輩に少しだけ雰囲気が似ている。グラスを傾けると、口に炭酸の刺激を感じた。

「文から聞いたんですけど、ジビエを扱う素晴らしいレストランがあるそうですね。

俺もぜひ行ってみたいなあ」

それから文と有馬は、二人で食べに行ったジビエ料理の話をしてくれた。高級フレンチレストランで振る舞われたのはヤマシギという稀少な野鳥で、ベルギーからの輸入品だったという。

「ヤマシギはベキャスとも呼ばれて、ジビエの女王とまで言われる鳥なんです。前から食べたいと思っていたのですが……」

そこまで話して、有馬の表情が曇る。その続きは文が引き取った。

「伝統的なフレンチの手法ではベキャスはしっかり熟成させるの。吊るしたベキャスの首が落ちる寸前まで寝かせるから、その分、熟成の香りもきついんだ。どうやら俊道さんは苦手だったみたい」

「念願が叶ったのは嬉しかったけど、俺には早すぎたよ。でも文は喜んで食べていたよな」

「もちろん！　内臓のソースも絶品だったし、本当に素晴らしい体験だったなあ」

文が目を輝かせる。ジビエに対する苦手意識は残っていないようだ。むしろ有馬よりもジビエに対する適性はあるみたいだ。それも昔祖母と一緒に食べた経験があってのことなのかもしれない。

会話が途切れたのを見計らい、伊予はテーブルにあった料理に手を伸ばす。文の母親の綾がキッチンで作業をして、出来たての料理を運んでいた。昔から料理が得意で、客に振る舞うのが好きだった。

綾が運んできたグラタンを取り皿に移し、スプーンで口に運ぶ。熱々のホワイトソースとチーズが絡んだマカロニは、専門店で食べる味と遜色なかった。

「いつも美味しいお料理をありがとうございます」

「お口に合ったようで嬉しいわ」

「相変わらず素敵なパーティーですね。しばらくご無沙汰していましたが、ひさしぶりに顔を出せてよかったです。ずっと続けているんですよね」

綾がくすぐったそうに笑う。

「文ちゃんが小学生のときにはじめたの。私は家に籠もってばかりだと塞ぎ込んでしまうから、たくさん人を呼んで気分転換させてもらっているのよ。みんなには私のわがままに付き合ってもらって、本当に感謝しているわ」

毎月のように誰かを招待して持てなす行為が、綾にとって楽しいことらしい。伊予ならパーティーを開くだけで疲れ、一度きりで続かなくなりそうだ。

「そういえば文ちゃんから、素敵なレストランの話を聞いたわ。スープ専門のお店らしいわね。私も今度ぜひ行ってみたいわ」

「スープ屋しずくのことですね。たくさんのスープが味わえて健康にも良い店ですよ。

珍しいことに朝営業もやっていて、これが絶品なんです」

「朝ごはんが美味しいのは素敵ね。以前イギリスに住んでいたこともあったから、朝ごはんをしっかり食べる習慣が懐かしいわ」

料理の印象が薄いイギリスだが、朝食は贅沢《ぜいたく》に摂ると聞いたことがある。

「先日はディナーに行って、文ちゃんのリクエストでジビエを食べたんですよ」

「ジビエというと鹿とか猪よね？」

「そうです。文ちゃんのおばあさんが猟師だったみたいですね」

「……ええ、そうなの。さて、次の料理に取りかからなくっちゃ」

綾の表情が一瞬曇ったが、すぐに普段通りの明るい笑顔に戻る。会話を切り上げてから、ぱたぱたとスリッパの足音を立てながらオープンキッチンに向かっていった。

嫁姑の関係に何かあったのかもしれない。触れられたくないのであれば、無理に追及する理由はない。伊予は忘れることにして、料理に向き合った。

スパークリングワインを味わっていると、四歳くらいの女の子が近寄ってきた。紺色のワンピースでおめかしをしていて、両腕で一冊の絵本を抱えている。皆良田家の所有物なのか、女の子の私物なのかわからない。だが女の子が大事そうにしているのは伝わってきた。

伊予は子供の相手が苦手なので、どのように対応するべきか悩む。母親らしき人物は他の参加者と話し込んでいる。すると背後から有馬が近づいてきて、しゃがみこんで女の子と目線を合わせた。

「この絵本、読んでほしいの？」

有馬が優しく問いかけると、女の子はこっくりとうなずいた。警戒する様子もなく、女の子は抱きしめていた絵本を有馬に渡す。受け取った有馬はしゃがんだまま絵本を開いた。

絵本のタイトルは『かもさんおとおり』だった。外国の絵本を翻訳したもので、親鴨とたくさんの子鴨が表紙に描かれている。茶色だけで描かれた絵は素朴な雰囲気で、鴨は比較的写実的ながら愛らしかった。

有馬が絵本を読みはじめる。女の子は真剣な眼差しで挿絵を見つめていた。

軽鴨の夫婦が外国の街を飛び回り、安全に子育てできる場所を探している。そしてようやく場所を見つけた後に卵を産み、たくさんの子鴨が生まれた。その後は夫婦が子供たちを大切に育て、日本でも有名な軽鴨親子の行列の場面も描写されていた。

有馬の声音は柔らかく、女の子に向ける表情は穏やかだ。そこでふといつのまにか文が有馬の斜め後ろに立っていることに気づいた。シャンパングラスを片手に有馬と女の子を見つめている。伊予は文に近づいた。

「有馬さん、優しそうな人だね」

文も以前から子供が好きだったことを思い出す。しかしなぜか文の表情は強張っていた。視線の先には絵本があり、軽鴨の親子が行列を作りながら道路を横断していた。

「あの絵本がどうかしたの？」

伊予の質問を聞く文はぼんやりとした表情だ。

「……あの絵本、昔持ってた」

それから文は青ざめた顔で視線を逸《そ》らし、有馬たちから離れていった。体調でもわるいのだろうか。その様子に気づいた綾が文に声をかけた。

「文ちゃん、顔色がよくないわよ？」

「何でもない。ちょっとお手洗いに行ってくる」

文が部屋から出て行った。先程までと打って変わった冷たい声に、綾は狼狽《ろうばい》した様子でドアを見つめた。伊予も文を見送ってから綾に声をかけた。

「文ちゃん、大丈夫でしょうか」

「さっきまで何事もなかったのだけど……」

心配のあまり綾まで弱っているように見える。以前から綾は娘の文に対して気を遣い、些細な変化にも目を配っていた。高校時代に文から「ママが過保護で鬱陶《うっとう》しい」と冗談交じりで言われたこともある。

貿易関係の会社の役員である父親は激務のようで、残業や出張が多く家にほとんどいないという。今日も父親は不在で、これまでもホームパーティーに顔を出したことはほとんどない。母方の両親は海外に在住している。広い家で二人暮らしをしているからこそ、綾は過保護気味になったのかもしれない。

「あの、伊予ちゃん。もしよかったら連絡先を交換してくれないかしら」

「いいですよ」

綾と出会ってからは長いけれど、互いの連絡先は知らなかった。綾が台所の脇で充電していたスマホを手に取り戻ってくる。綾は不安そうな面持ちだ。

「文ちゃんは最近、ふさぎ込む時間が増えているの。何かに悩んでいるんじゃないか心配しているのよ。だから仲良しの伊予ちゃんに相談させてもらえればと思って」

「そういうことでしたら喜んで。いつでも連絡してください」

文はしばらくして戻ってきた。顔色は戻っていて、態度もいつも通りだ。しかしこっそり観察をしていると、『かもさんおとおり』を抱えた女の子には意図的に近づかないようにしている様子だった。

パーティーは夜九時にお開きになり、伊予も辞去することにした。有馬は率先して片付けを手伝い、綾にも好意的に受け入れられているようだ。

挨拶をしてから玄関を出ると、冬の寒さが身を切るようだった。都会なので星はほとんど見えず、白色の月が浮かんでいた。

友人の幸せは喜ばしいが、最近伊予自身は恋愛から遠ざかっている。仕事や友達と一緒にいることが楽しくて、色恋沙汰に費やす余力がないのだ。今は幸せだけど、大切なパートナーがいる友人を目の当たりにすると羨ましさも感じてしまう。

「いい出会いがないかなあ」

アスファルトの歩道を駅に向かって歩く。高級住宅街は店舗がなく静かで、街灯だけが道を明るく照らしていた。当てのない呟きは冷たい空気の中で白く染まり、静かな夜に拡散していった。

3

早朝のスープ屋しずくのありがたみは、冬になると特に実感する。朝早い時間だと太陽はまだ上りきらず、夜の闇が残る路地に店先の明かりが煌々《こうこう》と点っている。伊予は凍えた指先でドアを押して素早く店内に入ると、暖かな空気とブイヨンの香りに包まれた。

「おはようございます、いらっしゃいませ」

カウンターの向こうから、麻野が挨拶をしてくれる。その正面に位置する席に会社の先輩である理恵が腰かけ、幸せそうな笑顔でスープを口にしていた。

「おはよう、長谷部さん」

「どうもです。休みをもらった朝に会うと何か後ろめたいですね」

「有給なんだから気にする必要はないよ」

理恵がくすくすと笑う。理恵は出勤前のパンツスーツ姿だが、伊予はウィンドブレーカーにジーンズ、登山靴という恰好だった。本来なら出勤日だが、伊予は有給休暇を取得していた。

店内を見渡すと、約束をしていた文がすでにテーブル席に座っていた。

「おはよう、もう来てたんだ」

「私のために来てくれるんだから、遅れちゃいけないと思って」

伊予がテーブルの向かいの席に腰かける。文も伊予と同様に山登りに備えた服装だ。今日は一緒に、文の父方の祖母宅があった山あいの村に赴くことになっていた。

「まずは料理を食べちゃおうか。スープ屋しずくの朝営業は料理が日替わりの一種類だけで、パンとドリンクは食べ放題なんだ」

「そうなんだ。しっかり食べておこうかな」

そこでエプロン姿の麻野が近づいてくる。相変わらず背筋が伸びていて、髪の毛も小綺麗に整えられている。早朝なのに眠そうな気配は一切なく、隙のない笑顔で話しかけてきた。

「本日のスープはたっぷり芽キャベツのミルクシチューです」

「美味しそうですね。お願いします」

伊予に続けて文も期待に満ちた笑顔を浮かべた。

「シチューもキャベツも好物なので楽しみです」

「それは良かったです。少々お待ちください」

麻野がカウンターの向こうに歩いていく。自覚しているかわからないが、理恵が麻野の姿を視線で追っている。

麻野が食事を用意する間、伊予たちはドリンクとパンを持ってくることにした。

カウンター脇のスペースにあるカゴには、焼きたてのパンがたっぷり盛られてあった。伊予はトングで小皿にフランスパンのスライスを載せ、文はふっくらした丸パンを選んでいた。次に隣のドリンク置き場で、伊予はオレンジジュースを、文はコーヒーを注いだ。

席に戻ったところで、伊予は文の頭に枯葉がついていることに気づいた。街路樹から葉が落ちたのかもしれない。伊予は文の頭に手を伸ばそうとして、すぐにやめた。

以前から文は頭を触れられるのを嫌がった。反射的に手を払われた友達も何人か知っている。本人には自覚も悪気もなく、とっさに反応してしまうらしい。

「文、頭の右あたりに葉っぱがついているよ」

「本当？　恥ずかしいなあ」

文が手で払うと、枯葉がひらひらとテーブルの上に舞い落ちた。

「お待たせしました」

麻野がトレイに皿を二つ載せ、カウンターで待機していた。伊予たちのやり取りが終わるのを待っていたのだろう。木製の底の深い皿にたっぷりの白色のシチューがよそわれ、丸っこくて小さい芽キャベツがいくつも入っている。テーブルに置かれると、湯気と一緒にミルクの香りが鼻をくすぐった。

「ゆっくりお楽しみください」

麻野が自然な動作でテーブル上の枯葉を摘まみ、カウンター裏に戻っていく。伊予は木製の匙を手にして先端をシチューに沈め、シチューと芽キャベツを口に運ぶ。

「は、はふはふ」

芽キャベツが想像以上に熱かったため、変な声が漏れ出た。芽キャベツが汁をたっぷり含み、噛みしめた瞬間にじゅわっと一気に溢れ出たのだ。繊維質のはっきりした芽キャベツをがんばって噛みしめると、キャベツの風味と上品な甘みが感じられた。

「美味しい。朝でもあっさり喉を通るね」

文が笑顔で口に運んでいる。バターや生クリームなどの乳脂肪分が控えめなおかげだろう。しずくのミルクシチューはさらっとしていて、新鮮なミルクの香りが楽しめるため起き抜けでも重く感じないのだ。

芽キャベツ以外の具材はベーコン、玉ねぎ、人参などだった。余分な脂の抜けたベーコンはシチューに満足感を与え、玉ねぎ、人参などの野菜も旨味を主張している。

伊予は店内奥にあるブラックボードに目を向ける。スープ屋しずくでは日替わりメニューに使われている主な野菜の栄養成分や効能などを、毎日手描きで説明しているのだ。

芽キャベツが含む栄養成分はキャベツに似ているが、含有量はずっと多いという。ビタミンCをはじめ、ビタミンB群やビタミンK、葉酸などが豊富に摂取できるそうだ。さらに食物繊維はキャベツの三倍なので、胃腸の調子を整えたりコレステロールの上昇抑制などの効果が期待できるらしかった。

そこでカウンター奥にあるドアから露がこっそり顔を出した。店内に見知らぬ人物である文がいることに気づいたが、伊予と同席していることで大丈夫と判断したのか店内に入ってきた。

「おはようございます」

「おはよう、露」

「露ちゃん、おはよう」

露は本日、白色のセーターに茶色のコットンパンツという恰好だ。シンプルなコーディネートな分、赤色のスニーカーが目を惹いた。露が理恵の隣に腰かけると、麻野はすぐに料理を出した。そして父親手作りの料理を幸せそうに食べはじめた。

伊予は半分ほど食べてから、オレンジジュースに口をつける。酸味と甘みが濃くて、朝の寝ぼけた頭の目覚ましに最適だ。目の前の文はパンをちぎって頬張っている。その様子を見ながら、伊予は先日かかってきた文からの電話を思い返した。

ジビエへの理由不明の嫌悪感を乗り越えたと思われた文は、有馬の誘いでジビエを食べに行ったらしい。そしてつい先日、フレンチの店を訪れたという。二人はコースを注文し、メインに店主が直に狩猟をしたという鴨料理が出てきたそうだ。

そして料理を食べた瞬間、文は「この味を知っている」と呟いたという。直後に過去の記憶が蘇《よみがえ》り、文は気分がわるくなってしまう。

料理について詳しく聞くと、ウェイターは肉が軽鴨だと説明した。その言葉を聞いた瞬間、文は吐き気を覚えて立ち上がり、トイレに駆け込んだ。結局それ以上料理を食べられず、デザートを残して店を出ざるを得なかったそうだ。

さらにその翌週、文は有馬からプロポーズを受けた。実はレストランで指輪を贈る予定だったそうだが、文の体調不良のため延期したという。

プロポーズを受けてから一週間ほど経つらしい。それなのに文はまだ返事をしていないそうだ。

伊予は皿に残った最後の芽キャベツを口に入れる。適度に冷めてくれたおかげで、野菜の甘みを一層強く感じた。小さいのにキャベツの味が凝縮されている。

ふと伊予は、露がちらちらと文を気にしていることに気づいた。しかし伊予が顔を向けると、慌てたように顔を逸らした。

文は軽鴨を食べた瞬間、脳裏に過去の思い出が押し寄せたという。そしてその記憶に戸惑い、気持わるさを覚えた。記憶の内容は猟師だった父方の祖母の鬼のような形相と、文自身が強烈な恐怖を感じていることだったらしい。

また、文の裡に芽生えた感情はそれだけではなかった。文は直感的に、子供を持つことに対する恐怖を抱くようになったそうなのだ。

有馬のプロポーズを受け、文の脳裏には二人が子育てをする映像が浮かんだらしい。ホームパーティーでもわかる通り有馬は子供が好きだ。夫婦として子供を作っていきたいと考えるのは自然だろう。だがそれを想像した文は不安感に襲われたという。

これまで子供が特別に苦手だと意識したことはなかった。だがジビエをきっかけに、明確な嫌悪感が芽生えてしまった。自分自身の変化に文も戸惑っているようだ。

子供を産み、育てることができるのか。幼子と相対する自分を想像しただけで吐き気を催すことに気づいた文は、プロポーズを受けるべきか迷ってしまう。悩んだ挙げ句、伊予に電話をかけてきたのだった。

悩みを打ち明けられた伊予は、文の力になりたいと考えた。そこでまず、伊予は祖母について調べることを提案した。しかし文が家族に相談しようにも、父親は現在出張中で時間が取れず、綾は以前から祖母の話を避けるらしい。伊予の前でも姑の話題を逸らしていたから、やはり確執があったのかもしれない。

続いて伊予は、祖母が暮らした集落を訪れてはどうかと伝えた。過去と所縁《ゆかり》のある土地に立てば記憶が蘇るかもしれない。すると文は俄然《がぜん》乗り気になり、成り行きで伊予も同行することになったのだ。

問題は日程だ。文の職場は土日の休みを取りにくいらしい。そこで双方の予定をすり合わせ、伊予は溜まり気味だった有給休暇を取得することにした。そして二人で平日朝のスープ屋しずくに集合し、朝ごはんを食べてから電車を乗り継いで目的地に向かうことになったのだ。

伊予たちはスープ皿を空にしてから腕時計を確認した。徒歩圏内にあるターミナル駅から、あと三十分ほどで目当ての電車が出発する。移動時間を考慮すれば、そろそろ店を出るべきだろう。

伊予たちは各々で会計を済ませることにした。先に伊予が支払いを済ませ、次に文が財布を開く。そこで伊予は、変わらずに文を見つめる露に近づいて小声で訊ねた。

「ねえ、露ちゃん。あの女の人についてどういう印象を抱いた？」

突然の問いかけに露は困惑顔で口を開いた。

「えっと。お父さんにちょっと似ている気が。あっ……」

客について好き勝手に言うことを、店主の娘として露は良い振る舞いだと考えていない節がある。でも急に話を振られたことで、露は反射的に答えてしまったようだ。

露は口にしてから失敗したという顔を浮かべ、精算を済ませる麻野に顔を向ける。麻野はおつりを数えていて二人のやり取りに気づいていないようだ。露がホッとした表情を浮かべてから、伊予に不満そうな視線を向けた。

伊予は手振りで露に謝罪して、文と二人で店を出た。二月も中旬になり、ますます気温は下がっている。

まだ薄暗いオフィス街には、仕事に向かうであろうスーツ姿の人たちがたくさん歩いていた。その流れに逆らうように歩いていると、ちょっとだけ優越感を覚える。

伊予は目の前を歩く文の背を見詰めた。露はなぜ文と麻野を似ていると感じたのだろう。顔立ちや性格は似ていない。伊予の考える限り、共通点は見出せなかった。だけど露の意見は無視できなかった。露は根拠こそ示すことはできないが直感的に人の本質を見抜く。それは多分、麻野と似た資質なのだと伊予は考えていた。

麻野は鋭い洞察力によって推理を重ねて真相にたどり着く。おそらく露も父親譲りの観察眼で、麻野と同じ結論に到達するのだ。しかし直感に頼っているため、真相に至るまでの過程を説明できないのだ。成長していけば多分、父親同様に推理を披露できるようになるに違いない。

露の勘には理由があるのだろう。だけど今は伊予には全く見当もつかない。麻野の推理に頼ることも考えたけれど、今ある不正確な情報だけでは結論を導くのは難しい気がした。今は何より調査を進めるべきだ。あくびを浮かべるスーツ姿の女性とすれ違いながら、伊予たちは駅に向かうのだった。


目的地まで新幹線で約一時間移動し、降りた駅からレンタカーを借りてさらに一時間以上かかる。二人とも免許はあるけれど、慣れていないので交代しながら運転した。移動の途中、伊予が助手席に座っていると、スマホがメッセージを受信した。送り主は綾で「娘をよろしく頼みます」という文面だった。文に報告すると、運転をしながら口を尖《とが》らせた。

「本当にママは心配性だよね。もう成人してるんだから、過保護もほどほどにしてほしいなあ」

今回の件について、文は母親に日帰り旅行と伝えているそうだ。下手なことを言うと、綾が根掘り葉掘り聞いてくるためらしい。先日のホームパーティーでの体調不良も、後でしつこく聞いてきて辟易《へきえき》したという。過保護具合は相変わらずのようだ。

伊予たちは目的地である山あいの集落に到着した。四方を山で囲まれた落ちくぼんだ土地に、文の祖母である登喜子《ときこ》がかつて住んでいた。大通りと呼べるような広い道はなく、古めかしい民家が点在している。

山間部なのに村の一帯に雪は降っていなかった。海からの湿った空気が途中の高い山に遮られ、村まで到達しないのだという。そういった知識は文の口から滑らかに出てきた。

集落に差しかかった付近から、文は助手席の窓から見える景色に目を奪われていた。祖母の登喜子が亡くなるまで毎年訪れていた土地だ。風景自体もそれほど変化していないはずだ。伊予はカーナビの指示に従ってハンドルを動かしていった。

「ここだね」

舗装された道から雑草が踏み固められた道に入り、数分進んだ場所で伊予は自動車を停止させた。集落の端に住居が数軒並んだ一画があり、背後はすぐに森になっている。伊予は自動車を降り、草が伸び放題の手入れされていない広場を見ながら呟いた。

「何もないね」

「大分前に取り壊したらしいからね」

登喜子を失い、皆良田の家に住む人はいなくなった。一人息子は都会での生活を選んだ。最初は空き家ごと引き取り手を探していたが、年数が経過していたこともあり誰も望まなかった。そこで家を取り壊して土地を売りに出したが、過疎が進む田舎の土地を欲しがる人は皆無だった。今は名義だけ文の父親のまま放置されている状況らしい。

文は無言でかつて住宅があったはずの場所を歩いた。煮え切らない表情をしているのは何かを思い出す寸前なのかもしれないけれど、閃《ひらめ》きが降りてくる様子は一向に訪れない。

二十分ほど経過しても成果はなく、伊予たちはレンタカーに戻ることにした。思い出の地を訪れれば全ての記憶が蘇る。そういった期待を抱いたが、うまくはいかなかったようだ。

セダンのドアロックを解除し、伊予は助手席のドアに手をかけた。すると目の端で、一人の女性が近づいてくることに気づいた。かなり高齢で、ゆっくりとした足取りだ。車に乗らずに見守っていると、老女が声をかけてきた。

「あんたら、登喜子さんの知り合いかい」

老女は手ぬぐいを頭に巻き、有名ファストファッションの格安ダウンジャケットを身につけていた。老女の質問に文が応じる。

「私は皆良田登喜子の孫です。祖母のことをご存じなのですか？」

「もちろんだ。登喜子さんとはずっと隣同士だったからなあ」

老女がまじまじと文の顔を見つめた。肌は浅黒く日焼けが沈着していて、顔には深い皺が刻まれている。

「孫ってことは、ひょっとして文ちゃんかい？」

「私を知っているんですか？」

文が驚いて自分を指差すと、老女は懐かしそうに目を細めた。すると顔全体の皺がさらに深くなった。

「知っているも何も、登喜子さんのところで短い間暮らしていたじゃないか。わたしのことは覚えていないかい？　当時から隣に住んでいた吾妻《あづま》だよ」

「すみません。覚えていなくて。でも私がここに住んでいたんですか？」

文が目を見開いて、かつて家があった空き地に顔を向ける。さらに詳しく吾妻に訊ねると、文は小学校低学年の頃にしばらく登喜子に預けられていた時期があったという。冬休みを含めて一ヶ月ほどらしい。

「全然覚えていない……」

当人の記憶にない事実に、文は明らかに狼狽している。

吾妻の説明では最初、文は母親と一緒に遊びに来ていたという。

「でも息子のほうは仕事が大変だとかで、あんまり実家に顔を出さなかったなあ。忙しいのは何よりだが、登喜子さんが少し気の毒だったよ」

普段なら二泊ほどして帰るのだが、その年は文だけが残った。それから一ヶ月間、文は登喜子と二人きりで過ごしていたらしい。たまに文の父親が様子見に顔を出し、ある日両親が迎えに来てその生活は終わりを告げたという。

「どうして私は、ここで過ごすことになったのでしょう」

「詳しいことは知らんなあ。登喜子さんは性根は優しいが無愛想で、余計なことは一切話さない人だった。文ちゃんの件も事情があると告げただけだった。でも登喜子さんがそう言うのであれば、そうするべき理由はあったんだろうなあ」

冬休みを過ぎても家にいる文のことを、周囲は奇異に思ったという。しかし登喜子なら心配無用だと村人たちは信用していたそうだ。

吾妻の説明では当初、文は沈んだ様子だったという。登喜子の日々の生活を手伝い、ときには一緒に山に入ることもあったそうだ。そして村を去る直前くらいには朗らかな笑みを浮かべていたらしかった。

「私も山に……」

文が呟き、山に視線を向けた。冬山特有の沈んだ色合いの木々が続いている。遠くから鳥の鳴き声が届く。素人が不用意に入れば、あっという間に迷ってしまいそうだ。

「思い出した。私、ここで過ごしたことがある」

文が足元の枯れ草を踏みつけ、山に向かって歩き出した。空気が乾燥し、地面は乾いていた。覚束ない足取りを不安に思い、伊予はその後についていく。

文は躊躇いがちながら、踏み固められた山道にたどり着いた。汚れた看板が立てられていて、ハイキングのために利用されている道だと説明されてあった。掲示された地図に従えば遭難することはないだろう。念のため伊予はスマホで地図を撮影しておいた。

文の足取りから徐々に迷いが消えていく。スマホに表示した地図によれば、その先には池があると書かれてあった。

十五分ほど歩いた先で林を抜け、地図通りに池に到着した。枯れた水草が岸に浮かんでいる。水面は穏やかで、冬の柔らかい光を乱反射している。伊予は池のほとりで立ち尽くす文の隣に立った。横顔をうかがうと、文はじっと池を見つめていた。

「何か思い出した?」

そう声をかけた直後、上空から一羽の鳥が水面に舞い降りた。焦茶色の鳥で、黒色のくちばしの先がオレンジ色だ。伊予には何の鳥かわからない。だが文は着水した鳥を見て小さくつぶやいた。

「軽鴨だ」

文は一目で鳥の種類を見抜いた。絵本やグリルなど、今回の件には軽鴨がついて回っている。するとさらに数羽の軽鴨が降り立ち、群れになって水面を泳ぎはじめた。

その光景を見つめていた文が突然目を見開き、急にうずくまった。

「……殺される」

「えっ」

不意を突かれ、心配になった伊予は文に手を伸ばした。殺されるとは穏やかではない。しゃがんだ文の背中に手を添えようとした瞬間、文が伊予の手を勢いよく払った。痛みを感じ、伊予は腕を引く。

「ご、ごめん」

腕を振り払った文は、困惑しながら伊予を見上げていた。

「いいよ、気にしないで」

文が頭を触られることが苦手なことを忘れていた。文は再度うずくまり、そのままうつむく。太陽が傾くにつれ風が強まり、気温も下がっていく。水面からはいつの間にか軽鴨の群れが消えていた。

十五分ほどして、気を持ち直した文が立ち上がる。気分のわるさは表情から伝わってきたが、伊予たちは山を下りることにした。

皆良田家の跡地に到着した時点で底冷えを感じた。自動車に戻る前に隣家を覗くと、吾妻が農具の手入れをしていた。挨拶をして帰る旨を伝えたところ、昨日作ったというお焼きを渡してくれた。吾妻が言うには、文はかつて喜んで食べていたそうだ。

レンタカーに乗り込み、伊予が運転席に乗り込んだ。文は助手席に座り、まだ気分がすぐれないのかシートを全開まで倒した。舗装された崖の下に作られた二車線の道路を進む。無言で運転を続けていると、文の寝息が聞こえてきた。伊予はカーブの多い山道で揺れが少ないよう心がけてハンドルを操作した。

伊予の脳裏に、「殺される」という文の言葉が反響する。看過しがたい単語だが、他人が不用意に手出しできない恐ろしさがあった。

伊予が祖母の家に行くことを勧めたが、果たして文のためになったのだろうか。これから駅前でレンタカーを返却し、新幹線で家に戻らなくてはならない。帰りの道行きはまだ長かった。トンネルに入ると視界が暗くなり、天井の明かりが等間隔に並んでいた。

「……麻野さんに相談するしかないかな」

伊予は小さく呟いた。調べるほど問題が難しくなってくる。これ以上は伊予の手に負えそうにない。反対車線から大型トラックが近づいてきて、伊予はアクセルをわずかに緩めた。

4

旅に出た翌日、伊予は文に電話をした。文は伊予に感謝を告げてから、不安感が消えないと心情を吐露してくれた。有馬への返事も保留したままらしい。

有馬は返事ならいつでも大丈夫だと鷹揚《おうよう》に構えているという。器の大きさがうかがえる対応だけれど、プロポーズという一大事なのだ。先延ばしにすることで関係性に影響を及ぼすことは避けられないだろう。

専門家に相談するべきと伝えたが、文の反応は芳しくなかった。精神科医や心理カウンセラーにかかることに抵抗を感じる人は少なくない。スープ屋の店主が色々な謎を解決してくれるとも伝えたが、適当な返事ではぐらかされてしまった。

そんな折、文の母親である綾からメッセージが届いた。内容は文が塞ぎ込んでいることが心配だという相談だ。実家にいる間も文は沈んだままらしい。

伊予も心配なので返事をしていると、綾の連絡の頻度は増していった。

昼夜を問わずスマホにメッセージが入り、仕事終わりにディスプレイを確認すると、綾からのメッセージが十件近く溜まっていたこともあった。

熱が入りすぎではないかと疑問に感じはじめた矢先、綾から電話があった。通話ボタンを押してスマホを当てた伊予の耳に、綾の心配そうな声音が聞こえてきた。

「辛そうな娘を見ていられないの。ねえ、伊予ちゃん。どうにかあの子の悩みを解決してあげられないかしら」

綾自身も文に訊ねたそうだが、曖昧にはぐらかされたらしい。

伊予は対応に迷った。文が事情を明かしていない以上、相手が親でも個人的な悩みを打ち明けるのは間違っていると思う。しかし綾の苦しそうな弱音に、伊予は「どうも文ちゃんの悩みにはジビエが関わっているみたいです」とつい口を滑らせていた。

伊予の話を聞いた綾はしばらく無言になった。電波が途切れたのかと思っていると、スマホの受話口から緊迫感の籠もった声が聞こえてきた。

「それじゃあ、やっぱりあのお焼きは義母《はは》の田舎のものだったのね。……お願い。どんな些細なことでも教えてちょうだい」

明らかに今までと変わった口調で、綾は伊予に続きを促してきた。迫力に押し切られ、ジビエを食べるようになったきっかけであるスープ屋しずくと、ジビエに詳しい人物として店主の麻野の名前を挙げてしまった。そして会話の流れで、綾と伊予の二人でスープ屋しずくを訪れる段取りをつけられてしまう。

電話を切ってから伊予はため息をつく。綾の勢いに逆らうことができなかった。娘を心配するのは理解できるが、かつて文が過保護だと表現したのは正解だったようだ。

約束してしまったのだから仕方ない。綾が娘の文を思っていることは間違いないのだ。伊予自身も文には元気になってもらいたいし、有馬との結婚もうまくいってほしいと願っている。何より解決策の見えない問題に対し、麻野の力を借りたいという気持ちもあった。

数日後、伊予は早朝の電車から駅のホームに降りた。スープ屋しずくはランチとディナーでは忙しく客も多いが、朝なら比較的ゆっくり話せる。そのことを綾に告げたところ、朝食にも興味を持ったため、朝営業に訪れることになった。

綾は待ち合わせ場所である改札前に伊予より先に来ていて、不安そうな表情でうつむいていた。伊予たちは連れだって階段を上っていく。地上に出る階段は雨で濡れていた。そしてビルに囲まれた歩道に出ると、案の定雨が本降りになっていた。家を出たときより強まっている。二人とも傘を差し、暗い歩道を早足で進んでいった。

スープ屋しずくの店先で、オレンジ色の街灯が雨に打ちつけられている。冷たい雨に耐えかねていた伊予は、救われたような心持ちでドアを開けた。

「おはようございます、いらっしゃいませ」

麻野は今日も穏やかな笑顔で迎えてくれた。暖房が強めで、冷えた身体を温めてくれる。朝の営業時間でも早めに訪れたので、客はカウンターに座る理恵だけだった。

今日はこれから麻野に対し、文にまつわる内緒話をする。だけど理恵なら耳に入ったとしても、無闇に他言はしないはずだ。

「おはよう、長谷部さん」

「おはようございます、理恵さん」

続けて入ってきた綾が麻野に挨拶をする。伊予たちの表情が固いせいか、麻野が不思議そうにしている。伊予たちはコートをラックにかけ、二人で理恵から数席空けたカウンター席に腰かけた。そのほうが下拵え中の麻野と会話がしやすいからだ。

「お足元のわるいなか、早い時間にご来店いただきありがとうございます。本日のスープは蓮根《れんこん》のポタージュです。朝の営業ではメニューが一種類だけなのですが、よろしいでしょうか？」

「はい。伊予ちゃんから伺っております。よろしくお願いします」

綾の返事を受け、麻野が皿を用意した。コンロに置いた鍋からレードルを使ってスープを注ぐ。その間に伊予は、綾にパンとドリンクの説明をしてから一緒に取りに行く。短い移動距離だけど、靴の中が湿っているのが気になった。激しい雨が靴の内側に入り込んでいたらしい。席に戻ると、麻野がスープの準備をして待っていた。

「蓮根のポタージュです。ごゆっくりお召し上がりください」

皿は丸くて底が深く、外側が白地に淡いピンク色が塗られていた。筆のタッチが活きた塗り方で、蓮《はす》の花を思い起こさせた。その皿に茶色みがかったポタージュがよそわれ、オリーブオイルとパセリが散らされている。さらに浮き実として、薄くスライスされた蓮根がソテーされた状態で載っていた。

「綺麗ですね」

険しい顔を続けていた綾が口元を緩める。伊予は一緒に出されたスプーンを手に取る。柔らかい手触りでエナメル質のスプーンは水牛の角から削り出されたものらしい。スープをすくって口元に持ってくる。

「いただきます」

ポタージュだとすぐに飲み込んでしまいがちだが、スープ屋しずくの料理は味わわないと勿体《もったい》ない。口に入れて粘りけのあるポタージュを舌の上で堪能すると、蓮根の味がストレートに感じられた。飲み込んでからも蓮根特有の土の香りの余韻を楽しむ。

「今日も美味しいですね。シンプルですけど、味わい深いです」

話しかけると、麻野は玉ねぎを手早く刻んでいた。伊予なら涙目になってしまうが、麻野は不思議といつも通りの澄まし顔で返事をした。

「仕入れ業者から素晴らしい蓮根が手に入ったので、極力手を加えずに作りました。ブイヨンと蓮根、そしていくつかの調味料だけで仕上げてあります」

「ジャガ芋や香味野菜、生クリームなどは入っていないのですか？」

料理好きである綾が驚いた様子で訊ねると、麻野が笑顔でうなずいた。

「蓮根の邪魔になると思い、材料をなるべく減らしました。蓮根の味を最大限活かすため、皮も剝かずに使っています」

「すごい……」

綾が驚愕の表情でポタージュに目を遣る。綾が列挙した素材はポタージュには欠かせない。それらを混ぜれば単独で料理が成立するくらい美味しい食材ばかりだ。だが本日のポタージュはそれらを除き、蓮根だけで勝負している。浮き実の蓮根のスライスを口に運ぶと、サクッとした歯触りが心地良かった。

伊予は店内奥のブラックボードに目を向けた。蓮根はムチンと呼ばれる成分を含み、胃の粘膜の強化や風邪予防などの効果があるという。さらにタンニンというポリフェノールの一種は止血や消炎の作用に優れ、こちらも胃に優しい成分らしかった。

三分の一ほど味わった時点で、伊予は手を止めた。淹《い》れておいた紅茶を口に含み、ひと息つく。麻野は黙々とジャガ芋の皮を剝き、その姿を目を細めた理恵が食事を進めつつ無言で見つめている。

「そういえば麻野さん、ちょっと相談があるんですよ」

ストレートに伝えたほうが話は早いだろう。麻野は作業を進めながら伊予に顔を向ける。伊予の隣では綾もスプーンを動かす手を止めた。

「何でしょう」

「この前ジビエ料理のコースをお願いしたときに来ていた、皆良田文ちゃんっていう友達のことなんですけどね」

伊予はなるべく軽い調子で相談をしようと思っていた。しかし隣の綾が切羽詰まった様子で身を乗り出した。

「私の娘のことなんです。娘の様子がおかしくなったのは、ジビエが発端みたいなのです。ご迷惑でなければ、相談に乗っていただけますでしょうか？」

初対面の人物からの突然の頼みに、麻野は戸惑いの表情を浮かべて伊予に視線を寄越してきた。伊予は両手を合わせ、お願いのポーズを取る。すると麻野が小さくため息をついた。

「お力添えができるかわかりませんが、お話を聞くだけでしたら構いませんよ」

麻野はジャガ芋をボウルに移した。それからカウンターの下からビニールに入ったハーブ束を取り出す。袋から出し、一枚一枚選別している。

麻野は作業しながらでもしっかり耳を傾けてくれる。伊予は文からのジビエの相談を受けたことからスタートし、ホームパーティーでのこと、一緒に父方の故郷に赴いたことなどを順番に伝えた。綾は文が家庭で塞ぎ込む様子を話すだけで、新しい情報は持ち合わせていなかった。

話し終えてから、伊予は紅茶で口を湿らせた。

「本来なら本人が相談に来たいと望んだ上で、文自身がこちらで話すべきかと思います。文の抱える問題だから、他人が勝手な真似はしないほうがいいのですが……」

「お子さんやお友達を心配する故の行動であることはわかります。ですが伊予さんの仰る通り、文さんの悩みを打ち明ける行為は本人が同席するのが筋だと思います」

そこで伊予は麻野の異変に気づいた。表情や口調に厳しさが宿っているのだ。話を聞いていない素振りだった理恵も、麻野の険しい表情に困惑しているようだ。伊予の話の何かが麻野の怒りに触れたのだろうか。麻野が刺すような視線を綾に向ける。

「今回の件ですが、幸いにもアドバイスくらいはできるように思います。ただそれが誰かの苦しみを呼び覚ます結果になっても、本当に聞きたいですか？」

店内に緊張感が満ちる。伊予には麻野の口調が、綾を試しているように聞こえた。麻野は選別したハーブを小さな保存容器に種類別にしまい、それからサニーレタスを取り出して水洗いしはじめた。ざるで水気を切ってから手で千切り、今度は大きな保存容器に入れた。

綾は青ざめた顔で口を閉ざしていたが、つばを飲み込んでからうなずいた。

「それがあの子のためになるなら」

麻野は伏し目がちのまま抑え気味の声で言った。

「失礼ですが一点気になったことがあります。皆良田さんは娘さんのことをとても心配されているようですね。客観的に見れば過剰だと思えるくらいに」

綾の過保護ぶりは、伊予の説明や綾の態度から読み取ったのだろう。言葉を選ぶ麻野にしては物言いを攻撃的に感じた。綾は機嫌を損ねたらしく眉根を寄せたが、麻野の話に耳を傾けている。

「ですが今回の件に関しては、娘さんへの追及が甘いように感じられました。本来なら娘さんに対し、執拗なくらい何度も話を聞き出そうとするのではありませんか」

「え……」

綾が小さく声を上げる。言われてみて伊予は気づく。綾は娘にはぐらかされた後、すぐに伊予に相談を持ちかけてきた。文に関する相談をされたのは、長い付き合いながら初めてのことになる。

綾は口籠もったまま応えず、麻野が畳みかけるように口を開いた。

「皆良田さんは伊予さんに知らされる前から、普段の会話などで今回の件がジビエやおばあさまに関係すると薄々気づいていたのでしょう。だからおばあさまにまつわる出来事を、娘さんに聞くことに抵抗を抱いていたのではありませんか？」

麻野の言葉は鋭さを増し、綾の顔が青ざめていく。麻野は何かを見抜いた上で綾に対して厳しい言葉を投げかけているらしいことが、やりとりから伝わってくる。

「この件の真実について、誰よりも皆良田さんが理解しているはずです。本当ならご自身がその原因に向き合わなければいけないはずです」

「でも、そんな昔のこと……」

「子供のときに受けた傷は、決して消えませんよ」

綾の額に玉のような冷や汗が浮かぶ。麻野が綾の耳元に顔を近づけ、何かを囁いた。

伊予の耳には「軽鴨は……」までは聞き取れたが、それ以降はわからなかった。

綾が弾けるように顔を上げた。麻野は責めるような表情ながら、同時にひどく悲しげだった。綾は唇を震わせ、何か言葉を発しようとしている。だけど飲み込むような仕草を見せた後、立ち上がってから深々とお辞儀をした。

「仰る通りです。私が間違えていました」

スープは残っていたが、会計をすると言ってコートに袖を通す。そして二人分を手早く支払い、伊予にも頭を下げた。

「案内してくれてありがとう。本当に助かったわ」

礼を告げられても伊予には状況がわからない。しかし緊迫した雰囲気のせいで理由を訊ねることができなかった。綾は再び会釈をして出入口のドアをくぐっていった。

「えっと……」

伊予が助けを求めて目配せすると、麻野はいつもの笑顔を浮かべた。

「申し訳ありません。皆良田さんのご家庭の問題ですので僕の口からは言えません。より良い方向に進んだ上で、ご本人たちが説明できるようになるまでお待ちください」

丁寧な口調だが有無を言わせない頑《かたく》なさを感じ、伊予は食事の続きをすることにした。ふとカウンター奥の出入口を見ると、かすかに戸が開いていることに気づいた。露が途中で入ろうとして、緊迫した空気を察知して引っ込んだのかもしれない。

残りのスープを食べてから、理恵と同じタイミングで店を出た。

先程までの土砂降りは収まり、小雨程度になっている。傘を差すと布地に当たる雨粒の音が聞こえた。雨で濡れたコンクリートは普段よりグレーが濃かった。歩道の水溜まりを避けながら伊予たちは並んで歩いた。

「麻野さん、怒ってる感じでしたね。私が考えなしに他人の家庭の事情に首を突っ込んだせいでしょうか」

靴の内側はまだ湿っていて、歩を進めるだけで気持ちわるさがあった。

「態度が変わったのは別の理由だと思う」

「何ですか？」

「麻野さんが本当に怒るのは、子供が虐げられていたときだよ」

理恵の言葉には確信があった。麻野に想いを寄せ続け、近くにいた理恵の発言なら信用できると思った。最近、二人の間に流れる空気が親密になったような気がする。くっつくように急かしたこともあるけれど、焦らせずに見守っていたほうがよいのかもしれない。

会社の入った見慣れたビルは、上層階が雨でけぶっていた。伊予は大きく息を吸い込んで、傘を差していない手で握りこぶしを作った。

「それじゃいっちょ労働でもしますか！」

「うん、そうだね」

傘の骨の先端から雨の滴が落ちる。わからないことは不安だが、何もできないのであれば悩んでも仕方ない。隣で理恵も見守ってくれている。社屋前にできた水溜まりを避けて、伊予は大股で一歩踏み出した。

5

麻野がテーブルに皿を置くと、肉類と野菜の織りなす複雑な香りが鼻孔に飛び込んできた。白色の平皿にはたっぷりの具材とスープが盛られている。お肉と豆がメインで、他には白菜や人参、玉ねぎなどといったいつもの具材だ。

「お待たせしました。猪肉とひよこ豆のスープです」

偶然だとは思うが、本日のスープ屋しずくの朝食はジビエ料理だった。カウンター席の隣に座る文が複雑な表情を浮かべている。

スープはうっすら白濁していて、表面には透明な脂が浮かんでいる。前日のディナーのメイン料理のために猪のフォンを作りすぎたため、朝食にも使ってみたと麻野は説明してくれた。

「いただきます」

伊予は金属のスプーンを手に取ってスープをすくった。口に運ぶと透明なスープには臭みが一切なく、獣肉のコクが素直に味わえた。豚肉にも似ているが、もっとあっさりしている。味にいやみがなく、滑らかに喉を通るのだ。ジビエが食べにくいという印象は、スープ屋しずくのおかげで完全になくなった。

具材となる猪肉は脂身の多いバラ肉だった。朝から重い印象があったが、猪肉の脂は舌の上でバターのようにさらっと溶ける。早朝に摂るほうが身体に脂肪がつきにくいらしいから、罪悪感控えめで食べられるのも嬉しかった。

スープには野菜の旨味もたっぷり溶け込んでいた。メインの食材であるひよこ豆の出汁も感じられる。ひよこ豆はほくほくとした食感で、スープを吸い込んで満足感を与えてくれる。

トマトや乳製品、味噌など旨味の濃い素材を使わないスープは、シンプルだからこそ素材の味を堪能できる。猪肉の滋味深さを堪能しながら、伊予はため息をついた。

「朝から幸せだなあ」

伊予はブラックボードに目を遣った。ひよこ豆の別名はガルバンゾーで、女性ホルモンのバランスを整える働きをするイソフラボンが豊富らしい。さらには鉄の吸収を促す銅を含むため貧血に効果がある。また骨の生成を促すリンも摂取できるため、女性にとって嬉しい作用が期待できるそうだ。

猪肉は豚肉よりカロリーが低く、脂質の代謝を補助するビタミンB_2が豚肉の二倍以上含まれているという。一見すると分厚い脂身にもコラーゲンが豊富に含まれているらしい。不飽和脂肪酸の含有量も多く、悪玉コレステロールを減少させてくれるそうだ。

スープを半分ほど食べ進めたところで、文が居住まいを正した。

「伊予ちゃんにはたくさん迷惑をかけたね。色々とお世話になったのに、説明が遅くなってごめん」

「別に構わないよ。一段落ついたんでしょう?」

文が小さくうなずいた。綾がスープ屋しずくを訪れた以後、文たちがどうなったかまるでわからないままだった。

しかし二週間ほど経過した先日、文から連絡があった。顔を合わせて事情を伝えたいという内容だったが、タイミングがわるいことに伊予の仕事が繁忙期だった。だが伊予も事情を知りたかった。そこで予定をすり合わせ、早朝のしずくで落ち合うことになった。文も麻野に改めて礼を述べたかったらしいので、双方にとって好都合でもあった。

「どこから話せばいいかな……」

文は躊躇いがちに口を開く。伏し目がちの表情から、話す内容が文にとって苦しさを伴うことが伝わってきた。伊予は口を挟まず、文のペースに任せることにした。

「私は毎年、登喜子おばあちゃんの家に遊びに行っていた。そして小学三年生のとき、ある問題が起きたんだ」

小学三年生の冬休み、文は例年と同じように山あいにある登喜子の家に泊まることになった。その際、父親は仕事のため不在で、母親と文の二人きりだったという。

それまで綾と登喜子の嫁姑関係は適度な距離を取っていて、決して不仲ではなかったらしい。その年も普段通りの日々が続くはずだった。

「祖母と一緒に山を散歩していて、その先であの池に到着したんだ。私が水辺で遊ぶ姿をおばあちゃんは優しく見守ってくれた。そこで軽鴨の親子を発見したのだけど、ある光景を目撃した私は恐怖の余り叫び声を上げたんだ」

真相が気になり、伊予は無言で続きを促した。話しにくいのか文は目を閉じ、小さく深呼吸をした。肩を小さく震わせながら口を開く。

「軽鴨には子殺しの習性があるそうなの。私が池のほとりで目撃したのは、親が子を水に沈めて死なせる瞬間だったんだ」

「そんな」

軽鴨といえば親子で行列を作る仲睦まじい様子の印象が強い。文の説明では、子供が増えすぎて食糧が確保できなくなった場合などに限られるという。

「その光景を目撃した私は、子供の軽鴨と自分を重ね合わせた。恐怖に駆られて、おばあちゃんに『私も殺されるの？』って助けを求めたんだ。反射的にそう言うだけの理由が当時の私にはあった。私は、ママから暴力を受けていたんだ」

「まさか」

伊予は口元に手を当てる。おっとりした綾が娘に手を上げる光景が想像できなかった。文は淡々とした口調で、綾と自分に当時起きたことを話しはじめた。多分他人事みたいに喋らないと、到底口にできないのだろう。

当時、文の父親は仕事で急に忙しくなり、ほとんど家にいなかった。母方の両親は海外にいて、綾と文は広い家で二人きりだった。綾本人が話していたが、人に会わないと塞ぎ込んでしまう性格なのだという。その結果、綾は育児ノイローゼになってしまったらしい。

「決して激しい暴力じゃなかったし、期間も短かったみたい。でも幼少期の子供にとっては、それでも大きな心の傷を作り出す。今まで優しかった母親が豹変《ひょうへん》することも恐怖だった。その結果私は、自分と殺された軽鴨を重ね合わせた」

登喜子は思いも寄らない孫からのＳＯＳを発端に、綾の許しがたい所行を知った。

その瞬間に祖母が浮かべたのが、文の記憶に残る鬼のような形相だった。

その後、登喜子が主導して問題解決に取り組んだという。綾から事情を聞き出し、出張していた文の父親を無理やり呼び出した。綾の両親とも相談し、結果として綾を心療内科に通院させることにした。文の父親に仕事を減らさせ、綾の治療のサポートを命じた。そして医者の許可が出るまで文を母親から離し、自分のそばで暮らさせることにしたのだ。

「私がおばあちゃんの家で暮らすことに、パパは最初難色を示したらしいわ。だって冬休みが明けたら学校に行けなくなるからね。でもおばあちゃんは『学校なんぞに何ヶ月か行けなくても問題ない』って断言したそうよ。本当にその通りだと思う」

義務教育を短い期間受けられなくても、授業内容くらいなら後からいくらでも取り返しがつく。登喜子はそれよりも大切なことを優先したのだ。

治療やカウンセリングが功を奏し、結果として一ヶ月ほどで文は母親の元に戻されることになった。綾の両親が同居して監視する措置も取られた。

「私はおばあちゃんと二人で間違いなく、あの場所にあった家で暮らした。でもおばあちゃんは私に山の中で強く生きるためのたくさんのことを教えてくれた。でも私はその記憶を全部封じ込めてしまったの」

文の瞳に涙が浮かぶ。母親からの仕打ちは文にとって辛い記憶だったのだろう。再び綾と暮らすことを受け入れたが、その際に怖かった母親の姿は邪魔だったのだ。だから恐ろしい記憶と一緒に、関係する全ての思い出を頭の奥にある箱に押し込んだ。

でも記憶を完全に閉じ込めるのは無理だった。それが軽鴨の絵本への嫌悪感や、ジビエ料理への忌避感となって表出した。

一通り話し終えた文は、大きく息を吐いた。そこに麻野がコップに入れた水を差しだす。受け取った文は、半分ほど一気に飲んでから麻野に訊ねた。

「麻野さんはママに、軽鴨の生態について告げたそうですね。それをきっかけにママは、私が何について悩んでいるのかに気づいた」

麻野が無言でうなずく。

「おばあちゃんは無口で余計なことは話さない性格だった。だからおばあちゃんは暴力に気づいた理由については話さなかったそうなのです」

だから綾は軽鴨というヒントがあっても、娘が思い悩む理由が自分にあると気づけなかった。もちろん綾自身にとっても抹消したい記憶だったのだろう。

綾は思い悩む娘を目の当たりにして、伊予から見てもやりすぎだと感じるくらい、必死に手助けをしようとした。あれはかつて娘に暴力を振るったことへの後ろめたさ、もしくは償いたい気持ちからきた行動なのかもしれない。

「麻野さんはどうして、今回のことに気づけたのですか？」

文の質問に麻野は微笑を浮かべ、巨大なボウルに挽肉を入れた。そこに刻んだ野菜を入れ、力を込めて練り始めた。

「文さんは眼前に手をかざされる行為に、敏感に反応されるそうですね。前に長谷部さんは、文さんの頭についた葉に手を伸ばそうとして、すぐにやめて本人に注意をしていました。あれは文さんに気を遣っての行動だったのでしょう」

スープ屋しずくの朝での出来事だ。麻野はスープを運ぶ際に目撃していたらしい。

「加えて以前、男子に威嚇されたときや、池のほとりで長谷部さんの腕を振り払った際の話が耳に入りました。これは自分より身体の大きな人物に暴力を振るわれたトラウマを持った子供が示す反応です」

「そういえば……。でもそれだけで？」

「いいえ、他にもあります。詳しいことは申し上げられませんが、実は娘からちょっとしたアドバイスをされまして」

麻野からの目配せで伊予は思い当たった。伊予が露に文の印象を聞いた際に、麻野に似ているという答えが返ってきた。きっとあのやり取りは麻野に聞かれていたのだろう。

理恵は以前、麻野は虐げられた子供に関する問題に対して本気で怒ると言っていた。麻野が幼少期、母親との関係で苦労したと耳にしたことがある。文が過去に自分と似たような辛さを味わったと確信し、麻野は答えを導いたのかもしれない。

文があらためて麻野に深々と頭を下げた。

「本当にありがとうございました。ママも麻野さんに心から感謝していると話しています」

「……いえ、差し出がましい真似をしました」

麻野が気まずそうに首を横に振る。それから充分に練った挽肉を鍋に移し替え、ブイヨンをたっぷり注いだ。それをコンロに置いて点火し、火力を調整する。

あの朝、しずくを出た綾は、文に全てを告白したらしい。その事実を文は最初受け入れられなかったが、徐々に霧が晴れるように当時の記憶が蘇ってきたという。

自分を許せないなら、それでも構わない。綾は涙を堪えながら、文に告げたという。

文自身も暴力の記憶に苛まれながら、母親をどう受け入れるべきか悩んだそうだ。

だが長い話し合いの末、文は綾を許すことにした。親から子への暴力は認められるべきではない。これまでも、これからも、多くの児童たちが親からの加虐に苦しめられるはずだ。だけど綾の文に対する愛情もまた本物だ。綾は過去の過ちに向き合い、文は母親を受け入れた。親子が決めたことに第三者が口を挟むべきではない。

そして文は、有馬からのプロポーズを受け入れた。来週には両家の顔合わせが控えているという。順調に事が運べば、早ければ来年には文は結婚することになる。そうなれば文は長年過ごした家を出て行くことになるだろう。別離までの短い期間を、母子で納得いくように過ごしてほしいと伊予は願うのだった。

「婚約おめでとう」

「ありがとう」

伊予が告げると、文が照れ臭そうに笑った。伊予たちの目の前の皿が空になっている。窓の外を見ると、薄ぼんやりと明るくなりはじめていた。徐々に日の出の時間が早くなってきている。冬が終わり、春がやってくる。ジビエの季節もそろそろ終わろうとしていた。そこで文が眉を上げた。

「そうだ。実は瑠衣ちゃんの狩猟に付き合うことになったんだ」

文は祖母との思い出が蘇るうちに、鳥撃ちに興味を抱くようになったらしい。そこで瑠衣に相談したところ、恋人の二神と赴く猟に同行することになったのだそうだ。

「おばあちゃんは山で生きることの楽しさをたくさん教えてくれた。今まで忘れていたけど、山に入ることでおばあちゃんとの記憶を思い出していきたいの。彼にも相談したら乗り気で、四人で行くことになったんだ」

文は過去の苦しみや喜びを思い出し、それらを受け入れた上で自らの幸せを見出そうとしている。やりたいことを見つけた文の表情は、先日とは較べようもないくらい晴れやかだった。

自分も文みたいに素敵な笑顔でいられるようがんばろう。伊予は紅茶に口をつけながら、早朝の爽やかな空気の中で気合いを入れるのだった。

第三話

まじわれば赤くなる

1

ふっくらと膨らんだスズメが数羽、アスファルトの上で遊ぶように跳ねていた。早朝の爽やかな空気の下で地面をついばんでいる。最近はスズメの姿を見なくなった。子供の頃は今よりも多かった気がする。

突然周囲にカラスの鳴き声が響いた。出されたゴミ袋を漁りに降りてくるため、都会の朝はカラスが目立つ。それにあわせてスズメたちが一斉に飛び去る。理恵は残念に思いながら道行きを急いだ。

スープ屋しずくの店先には鉢植えが並んでいる。麻野がハーブを育てているのだ。理恵は小さくて白い花を眺める。二月下旬、ジャーマンカモミールが小さなつぼみをつけた。乾燥すればカモミールティーとして楽しめるが、摘み取るのがもったいないと思えるくらい愛らしかった。

理恵が店のドアを引くと、ベルの音が鳴った。すると店内から「おはようございます、いらっしゃいませ」という柔らかな声が耳に届いた。

一歩足を踏み入れた理恵を、麻野がいつもの穏やかな表情で出迎えてくれた。客はテーブル席に二名いて、カウンターに座っていた露も挨拶をしてくれる。コートを脱ぎながら、いつもと変わらぬ穏やかな空気に心が落ち着く。露の隣に腰かけてすぐ、麻野が日替わりスープの説明をしてくれた。

「本日のスープは明日葉《あしたば》のポタージュです。少々苦味が強い野菜ですが、よろしいでしょうか」

「明日葉は初めてなので楽しみです」

麻野が事前に断りを入れることはたまにあって、最初は不安になったこともある。だけど食べられなかったことはないので、最近では気にせず注文することにしている。麻野は小さく頷いてから、厨房に向かっていった。理恵はパンとドリンクを用意して席に戻る。

露は先に緑色のポタージュを食べ進めていた。そこで理恵は露の横顔が沈んでいることに気づく。料理が苦いのだろうか。

声をかけようかと思ったところで、麻野が平皿を持って戻ってきた。

「お待たせしました。明日葉のポタージュです」

透明な耐熱ガラス製の平皿に、鮮やかな緑色のポタージュが盛られている。皿からは鮮烈な植物の香りが漂い、表面に生クリームがあしらわれている。理恵はステンレス製のスプーンですくい、口に運んだ。

口に含んだ瞬間、苦味と青臭さを感じた。しかし決して不快な味ではなく、春の芽吹きを感じさせる力強さがある。そしてその奥には葉野菜の持つ確かな甘みも味わえた。じゃがいもやブイヨンの味で包み込み、全体としてマイルドな仕上がりになっている。

「個性的な味ですね。でも私は好きですよ」

理恵の正直な感想に麻野が苦笑する。

「明日葉は癖が強いので、食べやすくするのに苦心しました。心配でしたが、お口に合ったようで安心しました」

理恵はブラックボードに目を向ける。明日葉は、葉を摘んでも明日にはまた生えてくることから名付けられたとされ、発育が早く強い生命力を持っている植物だという。カルコンと呼ばれるポリフェノールを含有し、強い抗酸化作用を示すと言われているらしい。

理恵は生命力を感じさせるポタージュを堪能する。食べ進めているうちに、徐々に苦味が癖になってくる。

ふと横を見ると、露は相変わらず沈んだ表情だ。料理の苦味のせいかと思ったが、ポタージュはちゃんと食べ進めている。気になった理恵は露に話しかけた。

「露ちゃん、表情が暗いけど何かあった？」

「えっ」

呼びかけられた露は物思いに沈んでいたらしく、大きく身を仰《の》け反らせた。麻野は厨房に引っ込んでいる。露はスプーンを動かす手を止め、小さくため息をついた。

「心配してくれてありがとうございます。実は学校でおかしなことがあったんです」

理恵は話を聞きつつパンを口に運ぶ。ミルクやバターなどを多めに使ったらしい甘めのパンは、苦味の効いたポタージュと合わせて食べるのに最適だった。

「一昨日、調理実習があったんです。そこで夢乃ちゃんが完成した他の班のスープを流しに捨てちゃったんです」

「スープを捨てた？」

夢乃は理恵の仕事の取引先である『家具のカシワ』の店長の娘だ。つい先日もとある騒動の中心人物として、理恵もほんの少しだけ夢乃に関わった。

料理を捨てるなんて、シェフの娘としては看過できない行動だろう。

「当然叱られるわけですけど、夢乃ちゃんはその場にいた家庭科の先生にも担任の先生にも一切理由を話さないんです。友達からも理由を聞いたんですが、頑なに口を閉ざしたままで」

夢乃の行動は意味がわからず、友達とすれば心配で仕方ないはずだ。コップの水を飲み込むと、冷たさが喉を通っていった。

「家庭科の先生って、たまにスープ屋しずくに来る人かな」

心当たりがあって訊ねると、露は小さく頷いた。

「そうです。伊藤《いとう》先生の授業中に、夢乃ちゃんは突然そんなことをしたんです」

伊藤という名の教師は何度か早朝の同じ時間に来店したことがあり、麻野との会話が耳に入ったことで露の通う学校に勤めていると知ることができた。小柄な体格の女性で、七福神の恵比寿《えびす》様を思わせる朗らかな表情をしている。来店時は行動しやすそうなパンツスーツという格好が定番だった。

「心配だね」

「……そうなんです。もしよかったら話を聞いてもらえますか」

スープ屋しずくでの色々な出会いや事件を通じて、理恵は露と交流を重ねてきた。夢乃を思い遣る気持ちが横顔から伝わってくる。

「もちろんだよ」

理恵が首肯すると、露は深刻そうな面持ちで当時の状況を語りはじめた。

数日前の二月終わり、露のクラスの家庭科の授業で調理実習が行われた。献立は蒸しパンとレタスのサラダ、白身魚のムニエル、カレー風味のスープで、生徒たちから数百円を集金した後に教師が材料を買い揃える手はずになっていたという。

特別に妙なメニューは見受けられない。露は夢乃と同じ班になり、教科書のレシピに従って順調に作っていったという。

「夢乃ちゃんは慣れていない感じでしたけど、丁寧に料理を作っていました」

他の班も大きなトラブルに見舞われることなく授業は進んでいった。小学五年生の終わりなのだから調理実習も何度か経験済みのはずだ。

時間通りに料理は出揃い、遅れる班もなかった。そしていざ盛りつけようという段階になって、水の弾けるような音がした。直後に小さな悲鳴が響き、教室後方の窓側にある班に生徒たちの視線が集まる。そこには鍋を手にした夢乃が流しの前に立っていた。しかも鍋が逆さになっていたのだ。

「夢乃ちゃんが、隣の班のカレースープを捨てていたんです」

さらに夢乃は水道の蛇口を捻《ひね》り、鍋も水でゆすいだ。他の班の生徒たちも「何するんだ！」と抗議するが、無言のままだったらしい。家庭科の教師の伊藤も問い質《ただ》すが夢乃は口を閉ざす。教室が騒然とする中で職員室から担任教師が呼ばれ、夢乃を家庭科室から連れ出していったという。

生徒たちは戸惑ったままだったが、伊藤先生の手によって授業が続けられる。スープを捨てられた班は他の鍋から少量ずつ分け与えられることで対応した。そして出来上がった料理の数々は生徒たちの胃に収まった。

「スープの味は普通でした。トマトベースのカレー風味だったんですけど、実習前に辛い物が苦手な子がいるか調べたんです。そうしたら何人かいたからスパイシーさが全然ないカレー粉になっちゃって、正直物足りませんでした」

露は正直に告げた。麻野の極上の逸品を毎日食べていれば、調理実習で作るスープを味気なく感じるのは仕方ないことだろう。

「夢乃ちゃんは担任の先生に叱られたみたいですが、結局理由を話さなかったみたいです。夢乃ちゃんはその班に謝って、一応和解にはなりました。でも何だかもやもやした気持ちが残っています」

「その班と夢乃ちゃんにトラブルとかはなかったんだよね」

スープを捨てられた班は男子三人、女子三人という内訳らしい。男子は夢乃とそれほど交流がないという。理恵の質問に、露は困ったように眉を八の字にした。

「男子たちは真面目に料理をしないでふざけていました。蒸しパン用の小麦粉で遊んで、隣で調理をしていた私や夢乃ちゃんの班まで被害が及んでいました。言っても聞かないから先生から怒られて、それでもしつこく騒いでいたんです。そのせいで最終的に、男子の服が粉で真っ白になっていたくらいです」

「困った子たちだね」

露があきれ顔で言うのを、理恵は懐かしい気持ちで訊いていた。ある年代の女子は、男子の悪ふざけをばからしく思うものだ。

「でも粉が少し飛んだくらいじゃ、さすがにあんなことはしないと思います」

「そうだよね」

露の口振りでは、小麦粉の被害は微々たるものだったのだろう。スープを捨てるという行動とは釣り合いが取れない。

「それに夢乃ちゃんと詠美《えみ》ちゃんは仲良しだから、本当に理由がわからないんです」

隣の班の女子の一人は寄藤《よりふじ》詠美という名前で、露や夢乃と親しいらしい。気弱な性格であまり感情を主張せず、行動も万事が遅いため、心ない同級生からからかわれることも珍しくないという。

「寄藤詠美ちゃんはどういう子なの？」

「すごく繊細で、色々なことに敏感な子です。男子がふざけて囃《はや》し立てただけで、すぐに泣き出しちゃうんですよ。色々あったから仕方ないんですけど……」

露は独り言みたいに呟いた。詠美が受けた『色々』について説明する様子はない。今回の件と関係ないと判断したらしい。

続けて残りの女子二人の話になり、露は困ったような表情を浮かべた。

「上野《うえの》さんと切山《きりやま》さんは、以前はすごく意地悪でした」

上野と切山という女子は普段から口がわるく、調理実習の間も文句ばかりだったらしい。二人とも髪型はツインテールで、服装も似たようなものを選んでいるという。

顔立ちこそ似ていないが、遠目で見るとまるで双子なのだそうだ。

その二人は少し前、とある女子に狙いを定めて執拗《しつよう》にからかったり、文房具や教科書を隠すなどしていた。それが教師陣に発覚し、こっぴどく叱られたことがあったという。

「それ以来ちゃんと反省して、今はひどいことはしなくなりました。未だに口はわるいけどみんなと普通に話しますし、明るくて声の大きな子たちだからクラスの中心って感じです」

どんな集団でも毒舌めいたことを大声で触れ回る人は場を支配しがちだ。だけどその陰で多くの人たちが抑圧を受けることがある。話を聞くうち、理恵の出社の時間が近づいていた。テーブル席にいた他の客もすでに帰っていた。

「麻野さんには相談した？」

「話は聞いてもらったんですけど、理由はわからないと言っていました。夢乃ちゃんは先生にも何度も理由を問い質されているせいか、元気もなくて心配なんです」

麻野でも見抜けないのであれば、推理に必要な情報が不足しているのだろう。

「お話を聞いてくれてありがとうございます。気持ちが少し軽くなりました」

露が明るい声で言い、席を立って二階にある住居へ戻っていった。これから準備を整え、登校するのだろう。最初より露の顔が明るくなったことが理恵は嬉しかった。

露が困っているのであれば、力になりたいと思う。だが麻野にわからないのであれば、理恵に真相を見抜くことは難しいだろう。スプーンでポタージュの最後のひとすくいを口に運ぶ。温度が下がったせいか、明日葉の苦さがより濃く舌に刺さった。

2

数日後の夕刻、理恵は会社近くの公園を歩いていた。公園には桜の木が植えられている。枝の先にあるつぼみは日を増すごとに膨らんでいく。野鳥が枝先にとまり、飛び立つと枝が揺れる。理恵は小さなつぼみから、花を咲かせる直前の力強さを感じた。

開花を待つ桜の並ぶ公園の脇に、カシワという小さな家具屋がある。この地で長年営業を続けてきたが、経営不振と店主の病気とが相まって先日長期の休暇を決めた。

理恵が仕事として取り組むクーポンマガジン・イルミナはカシワからの広告を掲載していた。少し前に三ヶ月契約を結んだが、休業を決めたことで契約を途中で破棄せざるを得なくなった。長期契約のメリットは広告料の割引だが、途中解約には違約金がかかる。心苦しいが今日は契約破棄の手続きを済ませなければいけない。

理恵が店先から声をかけると、すぐにオーナーである柏律子の返事があった。

「わざわざ来ていただいてすみません」

以前の律子は丁寧に黒く染めた黒髪と、磁器を思わせる病的な白い肌が印象的だった。しかし今は髪の根元に白髪があり、肌は少し日焼けをしている。

店内には以前のように輸入家具が並べられている。手入れはされているが、どこか輝きを失っている印象を受けた。書類を手渡すと、律子は軽快な調子で書き進める。

「店を休むと決めた途端、肩がスッと軽くなりました。残務処理でまだまだ忙しいですが、睡眠も順調に取れています」

雑談の中でそう口にした律子は、言葉の通りに吹っ切れたような表情をしていた。カシワは律子にとって大事な店だった。休業の決断は辛かったに違いない。復帰の目処も立っていないはずだ。だが律子の溌剌《はつらつ》とした笑顔を見ると、最善の選択だったのだと思えた。

書類に判を押し、振込用紙を手渡す。将来的に律子が店の再開を選ぶのか、廃業を決めるのかわからない。個人的には律子の判断を尊重したいが、会社員としては復帰を果たした上で再度イルミナに広告を依頼してほしいと思っている。書類を郵送することもできたが、直接持参して挨拶をしたのは将来を見据えての行動でもあった。

書類を一揃い完成させたところで、律子が小さくため息をついた。仕事から解放されたことで病的な雰囲気は消えたけれど、新たな心配ごとを抱えている様子だった。

「ひょっとして、夢乃ちゃんのことでお悩みでしょうか」

「ご存じなのですか」

不躾《ぶしつけ》かと思いつつ訊ねると、律子はもう一度深く息を吐いた。

律子の悩みの原因はやはり家庭科室での一件だった。スープを捨てた問題について、夢乃は親にも理由を話していないという。

「娘の行動の意味が見当もつかないのです。何度話すよう説得しても黙り込むばかりで。せめて理由だけでも知りたいのですが……」

律子が肩を落とす。娘の起こした行動の意味がわからないのは不安だろう。加えて保護者としての立場を考えれば、スープを捨てられた被害者がいるのだ。責任を負わなければならない以上、真相を知りたいと願うのは当然だ。

「調理実習も新品のくまのエプロンを使えると、前日まで楽しみにしていたんですよ」

理恵は夢乃に関する悩みにしばらく耳を傾ける。母親だけが知る事柄があるかと思ったが、露から聞いた以上の情報はなかった。

「それでは今日のところは失礼します。どうかお身体にはお気をつけください」

「色々とお世話になりました。ぜひまたイルミナさんに依頼できるようがんばります」

別れの挨拶を交わし、理恵はカシワを辞去した。律子は店の前まで出て、姿が小さくなるまで見送ってくれた。路地に曲がってから理恵は腕時計を確認する。次の用事まで時間があったため、近くを散策することにした。

理恵の勤務する会社のあるエリアは飲食店やファッション、雑貨店などが老舗から最先端の店まで揃っている。しかも店の入れ替わりが早く、少し間を開けただけで見知らぬ店が開店している。新規店があればクーポン付き広告の営業をかけるため、街の状況を把握することは大事な業務だった。

飲食店が並ぶ小路を歩く。小さな居酒屋の前に洗濯バサミに吊された布巾が揺れていた。イルミナの配布地域は都心部に位置し、真新しいビルが建ち並ぶ。しかし場所によっては古びた中華料理屋や喫茶店など、昔ながらの店も少なくなかった。

街並みを観察しながら歩いていると、理恵は小さな人影を発見した。

「……あれは夢乃ちゃん？」

顔立ちや白い肌、長い睫毛などが母親である律子にそっくりだ。夢乃は物陰に隠れ、誰かを尾行しているような素振りだった。

夢乃の視線の先を追うと、三人の女子がいた。女の子らしいカラフルな服を着た女子が二人と、茶色を基調にした落ち着いた服装の子が、美容院の前で会話を交わしている。カラフルな服装の女子二人は、髪型や服装がそっくりだ。

その店では様々なカットモデルの写真が貼られている。会話は聞こえないが、互いの髪の毛を指差しているところから、髪型の話題で盛り上がっているのだろう。

理恵は遠目で女子三人組を観察する。二人の女子が満面の笑みを浮かべる一方、もう一人は愛想笑いのように感じられた。だが距離があるので断定は難しい。

夢乃は物陰からじっと三人組の様子をうかがっている。夢乃の振る舞いは、後ろから見ていても明らかに怪しい。

声をかけるべきか、それとも理恵も隠れようかと迷っていると、三人組の女子が動き出した。遠ざかっていく女子たちに反応して、夢乃が物陰から飛び出すためか周囲を見回す。そこで理恵は夢乃と視線が合った。

「あ……」

夢乃が口を大きく開けて止まる。おそらく理恵も似た表情をしていたはずだ。しばらく見つめ合ううちに女子三人組は移動していく。夢乃が居住まいを正し、理恵に会釈をする。理恵が同じように返すうちに、女子三人の姿は見えなくなった。理恵は動き出せないでいる夢乃に近づいていった。

「こんにちは」

「えっと、奥谷さん。いつも母がお世話になっています」

理恵の顔を覚えていたらしく、夢乃が丁寧に挨拶をする。

「実はさっきお母さんのお店に行ってきたところなんだ。夢乃ちゃんは最近、体調はどうかな」

「えっと、ありがとうございます。大丈夫です」

初めて顔を合わせた際、夢乃は睡眠不足に悩まされていた。辛さが顔にも顕《あらわ》れていたが、今は肌艶も良くなっている。

女子三人組の姿は見えなくなっている。今から追いかけても間に合わないだろう。邪魔をしたことを申し訳なく思いつつ、理恵は夢乃が尾行していた相手に心当たりがあった。質問するべきか迷ったが、理恵は思い切って口を開いた。

「さっき眺めていた三人組って、調理実習の子かな」

「え……」

理恵の質問に、夢乃が絶句する。遠目で見た女子のうち二人は双子コーデだった。おそらく夢乃がスープを捨てた班の女子二人に違いない。もう一人は誰かわからないけれど、気弱な詠美なのだろうか。

「突然ごめんね。露ちゃんや夢乃ちゃんのお母さんから聞いて気になっていたんだ」

夢乃はうつむいたまま返事をしない。理恵はその表情から怯えを感じ取った。きっと教師や親などから執拗に問い質されてきたのだろう。

脳裏に先ほどの夢乃の表情が思い浮かんだ。視線は真剣で、切実さに満ちていた。これまで何度か見たことがある。大切な人のために必死になるときの露と似ていた。

「ごめん、突然驚いたよね。今の質問は聞かなかったことにして」

「……無理やり追求したり、叱ったりはしないんですか？」

顔を上げた夢乃の眼差しは不安で揺れていた。

「夢乃ちゃんなりの話せない理由があるんだよね。それなら私は夢乃ちゃんの意志を尊重する。多分それは、誰かを想っての行いだと思うから」

夢乃は教師から何度も詰問されているはずだ。露を含めた友達にも色々言われているだろうし、律子からも問い質されている。きっとうんざりしているに違いない。今さら理恵が追求しても意味はないだろう。

夢乃は目を見開き、今にも泣きそうな潤んだ瞳で理恵を見上げている。保護者でもなく、教師という教育を与える側でもない人間の、無責任な対応なのかもしれない。それでも理恵は夢乃の表情を見た上で、露の友達を信じたい気持ちになった。

「だけど自分だけで抱え込まず、ときには誰かに相談することも必要だよ。一人で悩んでいると考えが固まって、間違えてしまうことは大人でもあるから。私も含めて、周りにいる人たちは味方になってくれるよ」

これは理恵自身の経験談でもあった。思い詰めた挙げ句に視野が狭くなったことは何度もある。第三者の声が必要な状況は間違いなくある。ただ結局は夢乃が助けを求めないと前に進めない。無理に聞き出すより、待つべき状況もあるはずだ。

夢乃は理恵の話を黙ったまま聞いていた。それほど親しくない相手から説教をされても煩《わずら》わしいだけだろう。すると夢乃は思い詰めた表情のまま口を開いた。

「……奥谷さんは辛い物は好きですか」

「辛い物って、唐辛子とかの？」

夢乃が頷く。唐突な質問だった。しかし何らかの理由があると考え、理恵は率直に答えることにした。

「極端な激辛料理は苦手だけど、ほどほどなら好きかな。唐辛子には食欲増進効果や発汗作用があるから、ハマる人はやみつきになるよね」

スープ屋しずくのブラックボードで得た知識で返す。夢乃が小さく息を吐いた。

「実はあたしも辛い料理は結構好きです。でも苦手な人がいるのは理解できるし、そういう人に無理に食べさせるのは信じられません」

何のことだろう。言葉の続きを待ったが、夢乃が喋る様子はない。すると突然、背後から声をかけられた。

「あれ、柏さん？」

大人の女性の声で、夢乃と理恵が同時に顔を向けた。

「伊藤先生？」

夢乃が目を見開く。先生と呼ばれた女性が警戒心を滲《にじ》ませながら近づいてくるが、理恵が会釈をすると訝《いぶか》しげに首を傾けた。見覚えがあった。スープ屋しずくで何度か顔を合わせたことのある家庭科担当教諭の伊藤先生だ。

「スープ屋しずくの朝営業で何度かお会いしましたよね。どうして柏さんと一緒に？」

伊藤先生は理恵の顔を思い出したらしい。化粧気が薄く、髪の毛を一つにまとめている。年齢は二十代後半くらいのようだ。上下ジャージ姿で、二の腕に小学校の名前入りの腕章を着けていた。

「奥谷理恵と申します。家具のカシワさんとお仕事でお付き合いがあって、夢乃ちゃんとも知り合いなんです」

理恵が挨拶すると、伊藤先生は背筋を正してから丁寧にお辞儀をした。

「そうでしたか。不躾に失礼しました。小学校教諭の伊藤南《みなみ》と申します」

伊藤先生は首から防犯用らしき笛を提げていた。現在教師たちは生徒たちの安全のために放課後にパトロールをしているのだと教えてくれた。

「あまり暗くならないうちに帰ろうね」

伊藤先生が忙しそうに離れていく。授業以外にも小学校では様々な雑事があると聞く。その上校舎を離れてパトロールまで担うのはかなり過酷な仕事だと思った。会話をしていても、伊藤先生はどこか疲れている印象を受けた。だが生徒を思い遣る気持ちは伝わってきた。

「優しそうな先生だね」

理恵がそう言うと、夢乃は顔をしかめた。

「今のクラス分けになってすぐの春、さっきいた女子のうち二人が、他のクラスの家庭科部の女子をいじめたことがありました。それが結構な問題になったんです」

さっきの女子とは上野と切山のことだろう。露が前に話していたいやがらせの件と同じ出来事だと思われた。

被害にあった家庭科部の子は、家庭科部担当の教諭である伊藤先生に相談したらしい。すると伊藤先生は、上野と切山に直接注意したというのだ。

「そんなことしたらどうなるかわかりますよね」

「告げ口を理由に状況が悪化したのかな」

理恵の答えに夢乃が頷く。伊藤先生の注意を受け、上野と切山は二度としないと告げた。だがその後、伊藤先生は経過の確認を怠ったらしい。

二人は後日、告げ口の仕返しとして家庭科部の女子にたくさんの悪口を浴びせた。結果として一時的な登校拒否になり、最終的に学年主任や各生徒の担任教師が介入することでようやく解決したという。

「それ以来伊藤先生は口が軽いって言われて、生徒から信頼されなくなりました」

家庭科部の子は登校を再開したが、部活動は辞めたらしい。

理恵が顔を上げると、伊藤先生が曲がり角の先に消えるところだった。伊藤先生の背中は丸く、元気がないような印象を受けた。偶然かもしれないが、一ヶ月くらいスープ屋しずくでも姿を見かけていない。

子供への教育という仕事は極めて難しいはずで、さらに失敗が許されない。伊藤先生の行った生徒への対応は不充分だったのだろうけれど、常に正解らしき答えを見つけて実行するのは途轍《とてつ》もなく困難に違いない。その重圧を想像すると、理恵は空恐ろしい気持ちになった。

夢乃は理恵にお辞儀をして、自宅方向へと小走りで駆けていった。

予定外の時間を費やしてしまったが、理恵は次の仕事に向かうことにした。にぎやかな声がして目を遣ると、帰宅する小学生が手提げ袋を振り回していた。理恵の真横を色取りどりのランドセルを背負った児童たちが勢いよく走り去った。

3

翌々日の朝、理恵はスープ屋しずくに向かった。薄闇のオフィス街は静まり返っている。大通りには牛丼屋や立ち食い蕎麦屋など、二十四時間営業している飲食店の明かりが灯っていた。理恵はその前を素通りし、ビルの合間にある路地に入る。

薄暗く狭い道の先に、一軒だけ暖かそうな光が見えた。理恵はいつも店先の明かりを目にすると、惹き寄せられるように早足になる。

理恵はスープ屋しずくのドアを開き、ブイヨンの香りの満ちた店に一歩足を踏み入れる。ドアベルの音と一緒に、麻野の声が耳に届く。

「おはようございます。いらっしゃいませ」

麻野はカウンターから挨拶をしてくれる。そこで一人の女性が麻野と正面から向かい合っているのが目に入った。カウンター越しに最も麻野と会話しやすい席を先に取られてしまっている。自分の定位置でもないのに、こんな小さなことで不満を感じることを気恥ずかしく感じた。そこで理恵は先客の顔に見覚えがあることに気づく。

「先生？」

カウンターに座っているのは、露の家庭科の授業を担当する伊藤先生だった。声に反応して振り向いた伊藤先生が会釈をしてくれる。理恵が席を一つ空けてカウンターに腰かけると、麻野がいつも通りに声をかけてくれた。

「本日のスープはおかひじきという野菜の入ったイタリア風チーズ入りかき玉汁です」

「一段と珍しいメニューですね。今日も楽しみです」

「かしこまりました」

注文を受けた麻野が厨房に引っ込み、店内で伊藤先生と二人きりになる。理恵はパンとドリンクを取りに行き、すぐに戻ってくる。理恵が着席すると、伊藤先生が声をかけてきた。

「先日はどうも」

「こちらこそ」

間接照明の下、伊藤先生の肌や髪から一段と艶が失われている気がした。失礼ながら前より老けた印象さえ受ける。伊藤先生が躊躇いがちに口を開いた。

「奥谷さんは、柏さんや麻野さんとも親しいのですよね。何か聞いてはいませんか」

「何かというと、家庭科室の件でしょうか」

麻野さんとは露のことだろう。そこで麻野がトレイを持って厨房から出てきたが、伊藤先生は構わずに続ける。

「そうです。夢乃ちゃんから結局話を聞けないままで、担任や学年主任からは私の授業内容に原因があったのではないかと問題提起されています。でも全く心当たりがなくて、今も麻野さんに悩みを聞いてもらっていたんです」

そういった理由で伊藤先生はカウンターに座っていたらしい。会話が途切れたのに合わせ、麻野が理恵の前に大きめサイズのココットを置いた。

「お待たせしました。おかひじき入りのストラッチャテッラです」

呪文のような言葉に理恵は首を傾げる。料理の正式名称なのだと思い、理恵は店内奥のブラックボードに目を遣った。するとブラックボードには料理の詳しい解説が記されてあった。

おかひじきは海沿いなどで収穫できる野菜で、見た目は細長くしたひじきに似ているらしい。名前の由来はそのまま陸で獲れるひじきという意味で、しゃきしゃきとした食感が特長なのだそうだ。

そしてストラッチャテッラはローマ周辺で食べられるチーズ入りかき玉汁のことだという。どちらも知らない素材と料理なので期待がより増してくる。ココットから漂うブイヨンとチーズの合わさった香りが食欲を刺激してくれていた。

ココットはそのままオーブンに入れることのできる切り株みたいな形をした陶器製の容器だ。プリンやグラタンなどを焼く際にも用いられるが、それらより大きなココットにスープが注がれている。黄金色のブイヨンにふわふわに固まった卵がたっぷり浮かぶスープは、麻野の説明通りかき玉汁そっくりだ。そして上には細長い葉野菜が贅沢に盛られている。

理恵は金属のスプーンを手に取り、まずはふわふわ卵とスープを味わうことにした。口に運ぶとまず、スープに溶け出したチーズの旨味を感じた。親しみ深いかき玉のふわりとした舌触りも楽しめ、それらをチキンブイヨンの風味が包み込んでいる。洋風の出汁でかき玉汁を作るだけで、知っている調理法なのに新鮮に感じられた。

理恵は続けて上に盛られたおかひじきを口に運ぶ。しゃきしゃきとした歯応えと、ミネラルの風味が新鮮な味わいだ。

「おかひじきって面白い食材ですね。本当に海藻みたいな風味がします」

感想を伝えると、麻野は嬉しそうに口元を緩めた。

「実はイタリアに、おかひじきにそっくりなアグレッティという野菜があるのです。味や食感、栄養成分も似ていて、あちらでは高級食材として珍重されているのですよ。日本では入手が難しいので、おかひじきで代用してみました」

「だからイタリアのスープに合わせたのですね」

海外には全くの未知の味も存在するが、日本で古くから愛されている食材と似通っている味の食べ物も意外と少なくない。人類が美味しいと感じる成分はある程度共通しているのだろう。

理恵は再びブラックボードに顔を向ける。おかひじきは現代人が過剰に摂取しがちな塩分を体外に排出するカリウムなど様々なミネラルを豊富に含み、抗がん作用や呼吸器系を守る働きがあるとされているβカロテンも摂取できるという。

理恵ははっとして、スプーンを動かす手を一旦止めた。料理が運ばれてきたことで、伊藤先生からの相談を中断してしまっている。理恵は口を開いた。

「実は昨日、夢乃ちゃんと少しだけ調理実習の件でお話をしました」

「本当ですか」

伊藤先生の瞳に希望が宿る。期待に応えられないことに心苦しさを抱きながら、椅子に座る位置を軽く直した。麻野のセロリを刻む音が店内に小気味よく響いていた。

「少し話しただけですが、夢乃ちゃんは強い目的があって、あの行動をしたのだと感じました。黙っているのは相応の理由があるのだと思います。それを無理に聞き出そうとすることに、私は抵抗を抱いてしまいました」

　ほんの一瞬、麻野の包丁の音が途切れた。視線だけ向けると、麻野が驚いたような顔で理恵を見ていた。やはり小学生の女の子の自主性に任せるという判断はおかしなものだったのだろうか。麻野はすぐにまな板に顔を戻して仕込みを再開する。不安を抱きつつ、理恵は伊藤先生に深く頭を下げた。

「すみません。だから私は夢乃ちゃんとその件の話はしないことにしたんです」

　自主性に任せるといえば耳触りがいいが、放置と紙一重だ。理恵の態度は部外者のものであり、教育に携わる者からすると邪魔な考えに違いない。苦言を呈されることも覚悟したが、伊藤先生は理恵に対する反論は何も言わずに頭を抱えた。

「そうでしたか。どうしよう、困ったな……」

　伊藤先生の声に焦りの色が滲み、目の下にはクマが浮かび上がっていた。

「前も相談を受けたのに、多忙のせいにして失敗しました。今度こそちゃんと生徒と向き合いたいんです」

「失敗とは、家庭科部の元部員の件でしょうか？」

「ご存じなのですか」

伊藤先生が痛い箇所を突かれたみたいに顔を歪める。つい口を滑らせてしまった。理恵が頷くと伊藤先生はため息をつき、身の上話をしはじめた。麻野は無言のまま刻んだ野菜をボウルに入れていた。

教師が担う仕事の量は年々増えている。通常業務に加えて指導要領の変更や保護者への対応、定義が細分化する発達障害についても学ばなくてはならないし、加えて先日も放課後のパトロールまで行っていた。

「言い訳になりますが、毎日が目の回るような忙しさです。それで生徒たちにまで目を配れないのが実情なんです。すみません、こんなこと言われても困りますよね」

「いえ、気にしないで続けてください」

「ありがとうございます。実は他にも……」

遠慮の言葉を挟みながらも、伊藤先生は職場への不満を止めない。フラストレーションが溜まっていたのだろう。少しでも発散の場になればいいと思い、理恵は遮らずに耳を傾けることにした。

伊藤先生の小学校では高学年の音楽や美術、家庭科などの科目は専門の教師が担当するという。伊藤先生は高学年の家庭科の授業を全て担当していた。衛生面を配慮しつつ授業の実習を行い、裁縫の授業でも丁寧に作品を見なければならない。さらに専任教師として、担任が行う低学年の家庭科の授業にアドバイスもしているという。

時間はいくらあっても足りない。そのうえ常勤講師、つまり一般企業における契約社員に相当する立場なのだという。多忙を極めた状況が続き、しかも待遇も不充分であれば、どれだけ意欲があっても仕事の質は下がる。そんな環境で教育という困難な仕事に当たらざるを得ない伊藤先生を気の毒に思う。

そんなとき、伊藤先生は家庭科部員からいじめの相談を受けた。

「心配でしたが本当に手が回らなくて、ついいやがらせをした子たちに直接詰問しました。二人ともその場では反省の態度を示して、二度としないと約束してくれました」

私は生徒を信じたのですが、後でいやがらせは終わっていないことが判明しました」

内容は悪口や執拗なからかいで、暴力にまでは発展していなかった。だが小学校という小さなコミュニティにおいて、狭い世界に生きる子供たちの心は大きな傷を負う。いやがらせを受けた生徒が不登校になったため、問題は大きくなったという。

「そのときは経験豊富な学年主任の先生が表に出て、上野さんと切山さんを指導しました。そのおかげで今では改心してくれましたし、いやがらせを受けた生徒も復帰できました。前回は力不足でしたが、今度こそは私がちゃんと解決したいんです」

「一つよろしいでしょうか」

麻野がブロッコリーを洗う手を止め、厳しい声音で話を遮った。麻野は子供が傷つく事案に強い怒りを見せる。麻野は険しい声で伊藤先生に問いかけた。

「唐突に申し訳ありません。今おっしゃったいじめの加害側生徒は、夢乃さんがスープを捨てた班の子たちなのですか？」

「えっと、はい。そうです。今ではすっかり良い子になっています」

麻野は上野と切山という名前を露から聞いていたのかもしれない。伊藤先生が答えた直後、ドアベルの音がした。

視線を向けると、出入り口に露と夢乃が立っていた。麻野と理恵、そして伊藤先生に目を留めたところで二人は一瞬顔を強張らせる。なぜ露が外から店に入るのか疑問だった。露が一旦自宅から外に出て、夢乃と待ち合わせたのだろうか。

「おはようございます」

露と夢乃の挨拶に、理恵たちは戸惑いながら返事をする。二人は並んで店に入り、麻野に近づいていく。うつむきがちな夢乃の肩に、露が手を添えている。

おそらく夢乃は何かを言おうとしている。伊藤先生が口を開こうとしたのを理恵は手で制した。喋ろうとする意志を邪魔してはいけないと思ったのだ。すると夢乃が決意を固めたように顔を上げた。

「今から家庭科室でやったことの理由を説明します。どうか話を聞いてもらえますか」

突然の夢乃の宣言に伊藤先生はあっけに取られている。

「どうして急に？」

伊藤先生が問いかけると、夢乃は頭を上げてから気恥ずかしそうに理恵を一瞥《べつ》する。

「自分だけで悩んでいたら、変な方向に考えが向かうと教えてもらったからです。だから大人に相談しようと思って。誰かに信じてもらうことが嬉しかったから、私も一人で抱え込まずに周りの人たちを信用したほうがいいと考え直したんです」

昨日の理恵の言葉は、幸運にも夢乃の琴線に触れたようだ。夢乃が理恵に小さく頭を下げてから、今度は麻野に顔を向けた。

「それで露ちゃんのお父さんに話を聞いてもらって、これからどうするか相談しようと思ったんです」

「伊藤先生がいるのは想定外だったけど」

露が複雑そうな顔を浮かべる。昨日の放課後、夢乃は露に対して、麻野に相談したいと打ち明けたらしい。すると露は朝の時間ならゆっくり話せると提案し、夢乃もそれを受け入れた。律子には事前に説明し、朝早く家を出る許可をもらっているそうだ。

夢乃は相談すべき大人として麻野を選んだ。睡眠不足の件を解決した際に得た信頼が大きく影響しているのだろう。夢乃は深く息を吸ってから口を開いた。

「あたしがあの班のスープを捨てたのは、鍋の中身が真っ赤だったからです」

「カレースープが？」

伊藤先生が聞き返すと、夢乃ははっきり頷いた。伊藤先生が狼狽している。

「みんなで食べたスープは黄色だったはずだよ」

「自分の班でも同じスープを作ったから、黄色なのはわかっています。でもあたしが見た限り、隣の班は激辛スープみたいに真っ赤だったんです」

理恵は夢乃から辛い料理が好きか問われたことを思い出す。あの質問は調理室での一件と関わりがあったのだ。伊藤先生が首を横に振る。

「そんなはずないよ。だってスーパーの店員さんに相談して、みんなが食べられる辛くないカレー粉を選んだんだから」

伊藤の言葉を聞いた夢乃は、再び深呼吸してから一気呵成《かせい》に喋り出した。

「あたしは誰かが後からたくさんの唐辛子を鍋に入れて、辛くしたんだと考えました。上野さんと切山さんが、詠美ちゃんに激辛料理を食べさせようとしたと思いました。だからスープを流しに全部捨てたんです」

4

夢乃の発言に、伊藤先生が絶句している。夢乃はバッグに手を入れ、布地を取り出した。広げると、くまがデザインされたエプロンだった。夢乃が調理実習で使用していたと、律子が話していたことを理恵は思い出した。

「証拠もあります。鍋からスープを捨てる際に、エプロンに少しかかったんです。ここについた染みは、明らかに赤いですよね」

夢乃がエプロンの端を掲げる。そこについた染みは赤が強く、カレーだと想像したら激辛だろうと思わせる色をしていた。夢乃が責めるような口調で続けた。

「詠美ちゃんが辛い食べ物が苦手なのは、調理実習前にわかっていましたよね」

辛い物が苦手な生徒がいるか事前に調べたはずだ。その際に詠美も手を挙げたのだろう。伊藤先生が信じられないといった表情でエプロンを見詰めていると、夢乃は二年ほど前に詠美の身に起きた出来事について語りはじめた。

詠美は過去にクラスの男子からいやがらせを受けたことがあったという。気弱な生徒へ悪意が向けられることは、悲しいけれどどの学校のどの学年でも起こり得る。

「寄藤さんにそんなことがあったの？」

その話を夢乃がはじめると、伊藤先生はさらに驚いた様子だった。教師陣が把握していない問題だったのだろう。

そのいやがらせは露が素早く察知し、手を回すことで解決に導いたという。話の腰を折ることになるが、気になった理恵はどのように対処したのか聞いてみた。すると露は「色々と作戦を練った」と曖昧に答えた。

露の奮闘もあり、詠美がいやがらせを受けることはなくなった。しかし詠美は悪意を向けられた事実にひどく傷ついた。その結果、詠美はいじめを極端に怖がるようになったそうだ。夢乃が深刻そうに言った。

「数年前にいじめを受けた詠美ちゃんと、少し前にいじめをした上野さんたちが同じ班になることが不安でした。それにここ最近、あの三人はよく一緒にいるようになったのだけど、あたしには詠美ちゃんが楽しそうに見えなかったんです」

夢乃は上野と切山、そして詠美の三人を尾行していた。理恵が遠目で見ただけの印象では、確かに詠美の表情が硬い印象を受けた。そこで伊藤先生が言葉を挟んだ。

「上野さんも切山さんも反省して、二度とそんなことしないって約束してくれたよ」

「一度いじめをしたんだから、同じことをすることはあり得ます」

夢乃が言い切ると、伊藤先生が悲しそうな表情を浮かべる。カウンターの向こうの麻野が顔をしかめた。だが話を全て聞くことに決めたのか、麻野は口を閉ざしている。

「事情はわかった。だけどスープのこと、どうして教えてくれなかったの？」

伊藤先生が問いかけると、夢乃は顔を強張らせながら答えた。

「今の詠美ちゃんは、誰かに悪意を向けられた事実だけで苦しみます。だからスープに手が加えられたと知られないようにその場で捨てました。それに伊藤先生に相談したら、詠美ちゃんにそのまま伝わってしまうと思ったから」

伊藤先生が胸元を手で握りしめる。表情には強いショックが滲み出ていた。伊藤先生は生徒からの相談を不用意に当事者に伝えた過去がある。夢乃は同じことが起きることを危惧したのだろう。

「どうして露ちゃんにも言わなかったの？」

理恵が疑問を挟むと、夢乃は気まずそうに答えた。

「露ちゃんなら味方になってくれます。でも前に露ちゃんがいじめをした子を成敗したとき、ちょっとやりすぎかなって思って……。それで尾行をして確信が得られたら露ちゃんに話そうと考えていました」

麻野が物言いたげな表情で見詰めると、露が気まずそうに目を逸らした。以前、詠美を救ったときのことだろうか。露は正義感こそ強いが、たまに暴走することがある。何をしたのか気になったが、今は追求しないことにした。

「それに上野さんや切山さんは最近、クラスの中心にいます。だからあたしのしたことを、先生やクラスのみんなに信じてもらえるか心配でもありました」

学校内にはヒエラルキーが確かに存在する。見た目がおしゃれで声の大きい女子は概してクラスの中心になりやすい。そして間違っていても、クラスの中心人物の発言は狭いコミュニティの中で正しいことになってしまう。

「あたしは、まーちゃんと仲良しなんです。今はクラスが違うけど四年生のときからの親友だから、今でも上野さんたちのことが許せないんです」

伊藤先生の表情が揺らぐ。まーちゃんという名前は初耳だが、流れから不登校を経て家庭科部を退部した子のことだろう。親友がいじめられた過去があれば、加害者側を許せないと思うのは仕方ないことだ。

話は終わったらしく、店内に沈黙が降りる。三月初めの早朝はまだ寒く、店内に暖房の音が響いている。伊藤先生は生徒に信用されていない事実がこたえたのか、肩を落として黙り込んでいる。すると麻野が真剣な眼差しを夢乃に向けた。

「話してくれてありがとう。誰かに伝えることは勇気が必要だったよね」

麻野の穏やかな声音に、夢乃が安堵の表情を浮かべる。そして麻野は厨房に歩いていった。何をするつもりなのか理恵たちは背中を目で追う。

麻野はほどなくトレイを持って戻ってくる。トレイにはいくつかの皿が載っていて、麻野がカウンターの上に置いた。

「こちらの深皿に入っているのは、ターメリックを溶かしたお湯です」

ターメリックはウコンともいい、特徴的なカレーの黄色の元になるスパイスだ。

「伊藤先生は全員が食べられるよう辛味の少ないカレー粉を使い、黄色いスープになったと言いました。その場合、ターメリックが多く使われたと考えられますが、実際はどうでしたか?」

麻野に話を振られ、落ち込んでいた伊藤先生は慌てた様子で答えた。

「仰る通りです。購入したカレー粉はターメリックがメインでした」

それから麻野は小皿の一つに手を伸ばした。小皿には白い粉と液体とがそれぞれ載っている。麻野がターメリックの溶けた黄色いお湯に白い粉を投入する。そしてスプーンでかきまぜると、驚くべき変化が起きた。

「赤くなった」

目の前の現象に理恵は思わず声を上げる。黄色かった液体が一瞬で赤色に変わったのだ。その様子に露は目を見開き、伊藤先生が驚愕の表情でつぶやいた。

「これは、呈色反応？」

「さすが家庭科の先生はお詳しいですね。今入れたのは重曹です。呈色反応は特定の試薬で色が変化する反応のことで、リトマス試験紙が有名ですね。リトマス試験紙の場合は酸性で赤色、アルカリ性だと青色に変わります。そしてターメリックに含まれるクルクミンという成分も同様に、酸性とアルカリ性によって色が変わるのです」

麻野の説明では、クルクミンは酸性と中性で黄色になる一方、アルカリ性では赤色に変化するのだという。

「では次に、赤くなったターメリックに酢を入れましょう」

もう一つの小皿の中身は食用酢らしい。麻野が赤くなったターメリック溶液に酢を少量入れる。すると赤かった液体が、一瞬で黄色に戻った。

カレーという料理ではトマトに含まれるクエン酸の効果によって、ターメリックが黄色になるらしい。露たちのカレースープにもトマトが使われていた。そのためスープは酸性で保たれ、黄色になっていたと考えられた。麻野がさらに説明を続ける。

「有名な例ですと、紫キャベツやブルーベリーなどにはアントシアニンという紫色の色素が含まれ、pH値によって色が変わります。スープ料理の演出に応用できないか調べていた時期があって、ターメリックについても学びました。ところで調理実習では蒸しパンを作ったそうですね」

麻野から話を振られ、伊藤先生が何度も頷いた。

「蒸しパンを作る際に重曹を使いました。でも、どうしてスープに重曹が？」

伊藤先生の疑問に、理恵が小さく手を挙げた。

「調理中に男子がふざけていたと露ちゃんが話していました。蒸しパン用の小麦粉で真っ白になった子もいたと聞いていますので、男子が重曹をあやまって鍋に入れた可能性はないでしょうか」

「……すごく騒いでいたので、充分あり得ます」

理恵の推測に伊藤先生は頷きながら納得する。重曹が入ることも考えられるくらい、男子たちの悪ふざけは度を超していたのだろう。

「そのエプロンに重曹の溶液をかけていいかな」

麻野の提案に、夢乃が躊躇いを見せる。理恵の見る限り、エプロンについた染みの色はオレンジ寄りの赤色だ。夢乃は決意を固めた表情を見せた後、麻野にエプロンを差し出した。

「ありがとう」

麻野がエプロンを受け取る。そして布地に重曹を溶かしたお湯をかけると、染みは黄色に変色した。つまりカレースープの色の原因はクルクミンの反応だったのだ。上野と切山はスープに唐辛子を加えていなかったことになる。

目の前の現象に硬直する夢乃に、麻野が穏やかに語りかける。

「自分の行いが間違いだと証明されるかもしれないのは怖かったはずだ。それなのに協力してくれたことを、僕はすごいと思うよ」

夢乃の瞳に涙が浮かぶ。冷静に判断すれば、ばれないように激辛にするつもりなら鍋全体に手を加えるのは不自然だ。自分たちも辛い料理を食べる羽目になる。本当に詠美を狙うなら、個別のお椀に唐辛子を仕込むはずだ。きっとそんな単純なことに考えが至らないくらい詠美が心配だったのだろう。

夢乃は眉根に皺を寄せ、震える声で言った。

「あたしは勝手に勘違いして、大切なスープを捨てたんですね。それに上野さんと切山さんが、いじめをしていると決めつけて行動した。それは二人に対して失礼なことでした。疑ったことに対して、改めて二人に謝ります」

誤りの本質に自ら気づくことは難しい。的外れな反省をしたまま改善に繋げない大人も珍しくない。それから夢乃は伊藤先生に身体を向けた。

「あたしは全部自分で解決しようとしました。でもちゃんと友達や先生に頼るべきでした。ずっと黙っていて、本当にすみませんでした」

夢乃からの謝罪に対し、伊藤先生が首を横に振った。

「その点について柏さんはわるくない。生徒からの信頼を損なった私の責任だよ」

伊藤先生が椅子から立ち上がり、夢乃に深々と頭を下げた。

「そんな。先生、やめてください」

夢乃が焦ったように駆け寄り、伊藤先生に何度も謝る。露がそんな二人の様子を安堵の表情で見守っていた。すると麻野が再び厨房に消えたかと思うと、すぐにトレイを持って戻ってきた。そしてカウンター席に夢乃と露のスープを用意した。

「朝食はまだだよね。せっかくだから夢乃ちゃんも食べていってもらえるかな」

夢乃が自分のお腹を押さえ、カウンターのスープを見詰めた。朝起きてしずくに直接来たのであればお腹が空いているはずだ。夢乃からの視線に露が大きく頷く。すると夢乃は麻野に頭を下げた。

「ありがとうございます」

夢乃は人差し指で目の端の涙を拭い、理恵と伊藤先生の間に座った。二人が横並びに座れるよう理恵が席をずれると、露は夢乃の隣に腰かけた。夢乃と露がスプーンを手に取る。スープを口に入れた夢乃が顔を明るくさせた。

「すごく美味しい！」

「卵がふわふわだね。上に載っている野菜もシャキシャキしてて美味しい」

父親の料理を褒められたのが嬉しいのか、露が満面の笑みになった。隣にいる理恵も自然と笑顔になる。麻野と伊藤先生は二人を慈しむような瞳を向けていた。理恵も自分のスープを口に運ぶ。冷めていてもチーズとブイヨン、卵の旨味はしっかりしていて、舌を存分に楽しませてくれた。


後日、伊藤先生立ち会いの下、夢乃が上野や切山に事情を説明する場が設けられたという。疑った事実を相手に告げることは判断に迷うが、スープを捨てられた理由を明さないままなのもわだかまりが残ると判断したのだろう。

夢乃の謝罪に対し、同席した男子たちは文句を並べたらしい。せっかく作ったスープを勘違いからのとばっちりで捨てられたのだから、不満を抱くのも無理はない。

すると直後に、上野と切山が大笑いをしたという。

「重曹でカレーの色が変わるなんてあんの？」

何かの琴線に触れたらしく、二人は周囲が驚くほど笑い転げたという。それから不満を漏らす男子に対して「お前らがふざけていたのが一番の原因じゃん！」と茶化したように言い、その流れで男子たちはなし崩しに夢乃を許したそうだ。

そして上野と切山は笑いが収まった後、悲しそうに目を伏せたらしい。

「私たちは全然怒っていないよ。夢乃が疑うのも無理はないと思う。私たちはそれだけひどいことをしたんだから」

そう言って、上野と切山は過去の過ちを改めて悔いたという。

二人はこれまで誰かを嘲笑《あざわら》うことに楽しさを見出していたそうだ。だがそれが誰かを傷つける行為だと、教師たちに本気で叱られるまで理解できていなかったらしい。

誰かを下に見て優越感を得ることは快楽だ。一度染みついてしまうと抜け出すことは大人でも難しいけれど、二人は反省することができたのだ。子供たちは簡単に間違える。だけど教え諭すことで、正しい道に戻ることも充分に可能なのだ。

詠美は自分から望んで上野や切山と一緒にいるらしい。過去にからかわれて以来、詠美は怖がりになった。しかしその性格を変えたいと願い、明るくて前向きな上野と切山と付き合うことにしたのだ。たまにペースについていけないこともあると話していたそうだが、関係は概ね良好なのだという。

伊藤先生は後日談を教えてくれた際に、決意を込めた表情で語った。

「今回の件で、子供たちは大人が思っている以上に色々なことを考えていることを思い知りました。二度と間違いを繰り返さないよう、信頼される教師になれるようがんばっていきたいと思います」

夢乃は現在、上野たちと適度な距離を保ちながら学校生活を送っているという。

今回の件ではたくさんの人が間違いを犯したり、過去の失敗に囚われたりしていた。人は誰でも間違える。でも失敗を乗り越えたり、抱えたままにしながら、人は進んでいくのだろう。理恵は夢乃や露たちの笑顔を思い返しながら、明るい未来に向かって成長してほしいと心から願うのだった。

第四話

大叔父の宝探し

1

大叔父の名が石持伸彦《いしもちのぶひこ》であると、理恵は本人の葬儀で知った。享年は七十歳で、父方の祖母の弟に当たる。理恵とは交流がほとんどない。顔を合わせるのは葬式や結婚式、盆正月だけで、大叔父はそれにさえも姿を見せないことがあった。

たとえ集いに居合わせても、大叔父は他人と関わらなかった。ある葬式で席の端で黙ったまま、ビールの入ったグラスを傾けていたのを理恵はうっすらと覚えている。

住まいは郊外の駅からバスで二十分以上かかる川沿いにあった。不慣れな土地で交通機関を乗り継ぎ、理恵は大叔父の自宅を初めて訪れた。

三月に入り、数字の上では気温が上がる兆しが見えていた。だが寒さの厳しさは変わらず、暖房の効いたバスを降りた理恵はマフラーを巻き直した。裸になった田圃《たんぼ》が広がり、古びた民家が点在している。理恵は知らされていた住所に従い、スマートフォンを頼りに歩きはじめた。

しばらく進むと、土手が見えはじめた。その脇に築年数を重ねた平屋があった。建物の周囲には雑草が多く生えている。未舗装の小道から入って玄関前に立ち、家主が不在の家のチャイムを鳴らす。大叔父は未婚で子はおらず、空き家になっているはずだった。だがすぐに返事があり、足音の次に扉が開いた。

「いらっしゃい、理恵ちゃん。わざわざ来てくれてありがとう」

出迎えてくれたのは理恵の従妹である奥谷依咲《いさき》だった。熊のアップリケのついたトレーナーに高校名の刺繍《ししゅう》が入ったジャージのズボンという格好で、首にタオルをかけている。男の子みたいな短髪と化粧気のない童顔のせいで中学生男子のようにも見えるが、歴とした女子大学生だ。

「思ってたより遠かったね」

大叔父の家はバス停からも遠いため、自家用車がないと生活に困るだろう。依咲が肩を竦めながら理恵に家に上がるよう手で促した。

「本当に不便な場所だよね。寒いから早く入っちゃってよ」

靴を脱いで上がると、家の中はひんやりとしていた。空気はほこりっぽく、廊下に段ボールが積まれている。出されたスリッパは男性用で理恵の足には大きかった。依咲の履くスリッパも同様のようだ。

案内された居間にはこたつやテレビなどが揃っていた。灯油ストーブに火が点いていて、ヤカンが載せられていた。一人暮らしのワンルームに似た光景で、生活に必要な物が集まっている。カレンダーが大叔父の亡くなった月のままになっていた。

座布団に腰を下ろしてこたつに足を入れると、足先がじんわりと温まった。

依咲は急須に茶葉を入れてからヤカンのお湯を注ぎ、こたつの上の湯飲みとマグカップに淹れた。口をつけると冷えた身体に温かな緑茶が落ちる感触があった。

「目当ての物は見つかった？」

「全然だね」

理恵が問うと、依咲は首を横に振った。大叔父は先々月に亡くなった。葬儀はつつがなく行われ、納骨も済んだはずだ。係累《けいるい》とはいえ元々ほとんど関わりがない。薄情だが理恵の記憶からもすぐに消えた。

そんな折、父方の叔父の娘に当たる依咲から電話があった。依咲との会話は大叔父の葬儀以来になる。依咲は電話口で「おじちゃんの家にはお宝が隠されているらしいんだ」と神妙な口調で言った。

大叔父は唯一、依咲とだけ交流を持っていた。冠婚葬祭の場でも依咲と長話をする様子を見かけたことがある。大叔父の家に遊びに来たこともあるそうだ。

依咲は基本的にはこの家で昔話ばかりを聞いていたらしい。過去の思い出を語るときだけ、大叔父は親戚の前とはうってかわって饒舌《じょうぜつ》だったという。そして依咲が遊びに訪れていたあるとき、ふいに大叔父がお宝について話したというのだ。

「お宝の話はみんなに話したの？」

「一応伝えたけど、親は全然信じてくれなかった。変なことを言っていないで片付けを早く済ませなさいと、せっつかれただけだったよ」

依咲が小さくため息をついた。大叔父は諸事情により親戚一同からの信用を失っていた。お宝の件もホラ話だと相手にされなかったそうだ。大叔父が遺した一軒家の後片付けも依咲に押しつけ、誰も手伝おうとしない。

依咲は現在、春休みの最中らしい。アルバイトもせず、のめりこむ趣味もないようで、暇を持て余すよりはと大叔父宅の整理を任されているという。廊下の段ボールの量から見て、片付けは順調に進んでいるようだ。

大叔父の死因は心筋梗塞だった。路上で倒れているのを通りがかった近隣住民が発見し、救急車で運ばれた病院で死亡が確認された。本人も想定外の急死だったのか、自宅には死に際しての準備は一切なされていなかった。外で亡くなったことは不幸中の幸いだったのかもしれない。自宅内で息を引き取っていたら、近所付き合いも薄いという大叔父は発見されるまで時間がかかったはずだ。

貯金や土地家屋の権利書、保険関係の書類はまとめて保管してあったという。比較的近場に住む親類の一人が仕方ないといった様子で死後の手続きを済ませたという。

依咲は整理を進めつつ、大叔父のお宝を探したいと願っていた。人手を欲した依咲は理恵に助けを求めてきた。比較的年齢が近かったため頼みやすかったのだろう。理恵は休日に時間が空いたときだけという条件で手を貸すことにした。

「それじゃ早速はじめようか」

理恵は立ち上がり、バッグからジャージ一式を取り出した。たまにジョギングをする際に着る汚れても構わない服だ。隣の部屋で準備するため、理恵は居間の襖《ふすま》を開けた。隣は仏間だが、仏壇は置いていなかった。湿った部屋に埃の匂いが漂っている。理恵は冷え切った部屋で手早く着替えを済ませた。

大叔父の自宅は木造の平屋建てで、居間と仏間、寝室、書斎、台所と物置という間取りになっていた。庭にはプレハブ小屋や小さな焼却炉がある。隣家まで距離があるせいか焼却炉は最近まで使われていた形跡があるそうだ。

寝室の押し入れには二組の布団があった。引っ張り出すと、片方は使われていないのか埃っぽかった。必要とする親族はいないので全てゴミになるという。

押し入れには布団以外に古びた段ボール箱があった。開けると英語の書かれた箱がいくつか入っていた。パッケージの説明によると、電動の肉切り専用ナイフのようだ。印刷の色褪《あ》せやデザインなどから昭和の時代の製品だとわかる。依咲が興味深そうに箱を覗きこんだ。

「その変なナイフの話、おじちゃんから聞いたことがある。食の欧米化が進むと予想して大量に輸入したらしいけど、全然売れなかったみたい。この家にはそういったガラクタが大量に保管してあるんだよね」

依咲が懐かしそうに箱を手に取る。大叔父が過去に手を出した商売について、依咲は当人から色々と聞いているという。

親戚からの信用を失っているのは、大叔父の商才の無さに起因していた。

「依咲ちゃんは本当に……、石持さんに懐いていたんだね」

「うちの親も不思議がっていたよ。でもなぜか馬が合ったんだ」

理恵は大叔父の呼び方に迷い、結局無難に苗字を選んだ。

整理を進めると、奇妙な物が大量に見つかった。

動物がモチーフらしいオブジェはアート作品のようだった。作者の名前が貼ってあり、興味を抱いた理恵はインターネットで検索した。すると過去に小さな賞を獲得した芸術家の作品だとわかった。お宝だと期待してさらに調べたが、現在では二束三文の価値しかないと判明する。依咲に報告すると、苦笑しながらオブジェをゴミ置き場に放り投げた。

「その芸術家の話を教えてもらったことがあるよ。期待して飲食代や家賃も出したのに大した作品を出さなくなって、最終的にサラリーマンに転身したんだってさ」

大叔父には山師的に商売をする悪癖があった。将来的に価値が上がると予想して財産をつぎ込むが、結果的に外れて失敗するのだ。借金をしては何度も同じことを繰り返した結果、親戚の大半は離れていった。

「大人しい雰囲気だったけど、そんな冒険をする人だったんだね」

理恵の抱く印象とは大きく異なっている。大叔父は商売の失敗をあげつらう親戚のからかいに対し、反論するでもなく居心地わるそうにはにかんでいた。依咲は脳力開発と大きく書かれた段ボールをゴミ置き場に運んでいた。

「理恵ちゃんの思う通りの内向的な性格だから、おじちゃんだけなら無茶はしなかったと思う。元凶は鈴木金吾《すずききんご》っていう悪友なんだ」

「石持さんと一緒に商売をしていた方なの？」

「そうみたいだね。ちょっと疲れたから休憩しようか」

理恵の知らない名前だ。作業の手を止めた理恵は、依咲に案内されて書斎に向かう。依咲が明かりのスイッチを点ける。足を踏み入れた途端、室内の様子に目を見張った。

床は板張りで六畳くらいの広さで、窓はなかった。暖色系の明かりが室内を照らしている。横長の部屋の壁には煉瓦《れんが》が積まれていた。それぞれが不揃いだが、組み合わせによって綺麗に積み上がっている。隙間はモルタルで埋められていた。そして手作りらしい木製の棚が設置され、大量の物や本が収められていた。

「この部屋はおじちゃんのお気に入りだったんだ」

和が中心の家にあって書斎だけが洋風だ。部屋の中央にあるロッキングチェアに依咲が腰を下ろす。背もたれに体重を預けると木製の椅子が揺れた。

「おじちゃんはこの椅子に座って昔話をしてくれた。私はそれを聞くのが好きだったんだ。そして思い出話には必ず鈴木金吾さんが出てきた」

理恵は棚の酒瓶に手を伸ばした。古い国産ウイスキーで、試しに銘柄を検索してみた。だが昨年オークションで落札された価格は、販売当時の値段と大差ない。他の品々も同様に金銭的価値はなく、お宝とは程遠かった。

「金吾さんはおじちゃんの小学校時代からの付き合いだったんだって。芸術作品とか健康食品とか儲け話を持ってきては、おじちゃんに投資するよう持ちかけるそうなの。そしておじちゃんはその話の全部に付き合っちゃうんだ」

たまに利益が出たが、金吾の商売は大抵失敗したという。金吾は口が巧く、バイタリティに溢れていた。借金を抱えた状況で新たな商売や出資先を得て、無謀な挑戦を繰り返していたらしい。

「鈴木さんはお葬式に来たのかな」

「二十三年前に音信不通になったきりらしいんだ。今でも会いたいと、おじちゃんが寂しそうに話していたよ。お葬式の記帳も確認したけど名前はなかったな」

「二十三年……」

依咲にとっては生まれる以前から大叔父と金吾の交流は途絶えていたことになる。二人に何があったかわからないけれど、縁が切れたと表現しても差し支えない期間に思える。

　理恵は棚に置かれた一冊のノートを開いた。一般的な大学ノートだが、表紙のデザインが古い。そこには県内の工務店や鳶職《とび》といった建築関係の会社、そして理容室が列挙されていた。

「これは何だろうね」

　理恵がノートを手渡すと、依咲は首を傾げた。

「おじちゃんは親戚のやってる建築会社をたまに手伝っていたらしいけど、関係あるのかな。理容室に関しては全然わからない」

　理恵はノートを同じ場所に戻した。ふと壁の煉瓦の表面が剝げていることに気づく。実際の煉瓦ではなく煉瓦風の壁紙なのかもしれない。

「それじゃ、次はこの部屋を整理しようか」

「そうだね」

　理恵と依咲は作業に取りかかる。書斎の荷物を検分し、その全てが無価値だったため処分用の段ボールに詰めた。他の場所の片付けも二時間ほど続け、昼食のため小休止に入る。

　依咲は台所にある戸棚の奥から袋麺を取り出した。食料がまだ残されているらしい。ガスや水道も通っている。麺を茹《ゆ》でるため依咲はお湯を沸かしはじめた。

　依咲が葱《ねぎ》をまな板の上に置き、シンクの下から包丁を取り出した。

「おじちゃん、あまり料理しなかったのかな。包丁がめちゃくちゃ使いにくい」

依咲が力を込めて葱を切っていく。適当な丼にラーメンを盛りつけ、賞味期限切れ間近のハムと刻み葱を載せれば完成だ。お盆に載せて居間に戻る。

「いただきます」

理恵は丼を持ち、鶏ガラ醤油味のスープを啜《すす》った。化学調味料の旨味が舌を刺す。最近は麻野が手がける上質なスープを堪能しているが、市販品のわかりやすい味もきらいではなかった。縮れた中華麺を口に運ぶ。油で揚げた麺は歯切れが良く、うま味調味料の利いたスープとの相性が絶妙だ。スープ屋しずくを思い出しながら食べるとなぜか若干の背徳感を覚える。

「例のお宝の話を詳しく聞かせてもらっていいかな」

食べ進めながら、理恵は依咲に訊ねる。作業を進めながら闇雲に探していたけれど、効率よく探すための手がかりが欲しかった。

「そうだね……」

依咲はラーメンに胡椒を大量に振りかけながら口を開いた。依咲は半年程前、大叔父の家に遊びに来た。依咲の自宅から自転車で四十分くらいの距離なので、年に数回ふらっと足を運んでいたらしい。

その日、大叔父は夕方くらいから書斎で酒を飲みはじめた。酒の飲めない依咲はおつまみに手を伸ばしながら、いつものように大叔父の昔語りに耳を傾けた。

「そしたらおじちゃんが突然、この家にお宝があると言い出したんだ」

大叔父は安い焼酎のお湯割りを楽しみながら、どこか遠くを見詰めていたという。興味の湧いた依咲は宝について詳しく訊ねた。

何度かはぐらかされたが、依咲はしつこかった。根負けした大叔父はロッキングチェアに揺られながら「お宝は目の前にある。俺たちはすぐそばにある大切な物こそ、なかなか気づくことができないんだ」と答えたらしかった。そう語る大叔父の視線の先には壁しかなかったという。

「他にもおじちゃんは、お宝が『五千両』だと言っていたな」

お宝の正体は五千両で、目の前にあるのに気づかない。理恵には大叔父が適当に誤魔化しているようにも感じられた。理恵はハムを口に運ぶ。薄いハムの塩辛さは、即席麺に不思議とマッチしていた。

「一両は現在の価値で十万円と聞いたことがある。本当に五千両だとすると五億円分のお宝があることになるね」

「そんなに？」

理恵の適当な計算に驚いたのか、依咲が咽《む》せて咳をした。依咲は丼を傾けてスープを飲み干す。丼をテーブルに置き、真剣な表情で言った。

「さすがに五億円は眉唾だけど、おじちゃんが嘘をついていたようにも思えないんだ」

依咲にとって大叔父は信じるべき相手なのだろう。汚れた窓ガラスの先に荒れた庭が見える。大叔父が何十年も眺めたはずの景色を眺めながら、理恵はお宝の正体に想いを馳せる。でも理恵は大叔父をよく知らず、口にこそ出さないがお宝の存在を心から信じるのは難しかった。雑草だらけの庭に一羽のスズメが舞い降り、地面を数度ついばんでからすぐに飛び立っていった。

2

早朝のスープ屋しずくの店内は暖かな空気で満ちている。麻野はスープを用意するため奥の厨房に引っ込んでいた。理恵がジャケット越しに腕をさすると、カウンター席の隣に座る露が心配そうな眼差しを向けてきた。

「理恵さん、体調わるそうですが大丈夫ですか？」

「平気だよ」

理恵は肩の筋肉に痛みを感じながら笑顔を返す。大叔父の家の整理をしたのは昨日のことだ。依咲と夕飯を食べて解散し、朝起きたら全身が筋肉痛になっていた。特に腕や背中など、荷物を持ち運ぶ際に使う部位が軋《きし》む。完全に運動不足が原因だ。

「お待たせしました」

麻野が厨房から姿を現すと、露が瞳を輝かせた。露は父親の作る料理が大好きなのだ。麻野が皿をテーブルに置くと、芳しい香りが立ち上った。

「本日のスープは鶏胸肉とふきのとうのあっさりスープです」

「わあ、山菜の時季なのですね」

底の深い白色の陶器にたっぷりの琥珀《こはく》色のスープが注がれている。具材は割いた鶏胸肉と丸っこいふきのとう、そして人参や玉ねぎだ。表面に浮く脂の量は控えめだった。

「いただきます」

理恵は竹製のスプーンを手に取り、スープをすくって口に運んだ。

「苦味が効いていて美味しいですね」

ベースはしずくのチキンブイヨンだが、具材の鶏肉の旨味も加わってよりふくよかに感じる。それをふきのとうから溶け出した淡い苦みのエキスが引き締めていた。

理恵は鶏肉とふきのとうを両方すくって食べる。スープを吸い込んだふきのとうを嚙みしめると、ほろ苦さと汁気が一緒に弾けた。繊維に沿って割いた鶏肉は舌触りの引っかかりのおかげで旨味の余韻を長く感じられる。竹のスプーンのざらつきが、山の幸の雰囲気を演出してくれた。

何度か味わってから理恵は麻野に話しかけた。

「山菜もスープに合いますね」

ふきのとうは山菜の代表格で、和風の味つけのイメージしかなかった。しかし麻野が手がける山菜は、個性を引き立たされながら洋風のスープに融《と》け込んでいた。

「春の息吹を感じさせる山菜の力強さを活かすため、味の調整に苦心しました。爽やかな苦みはこの季節ならではの楽しみですよね」

「絶妙なバランスですよ」

理恵はスープを食べつつ、本日のパンに手を伸ばした。今日はライ麦を使ったパンがパンカゴに多めに盛りつけてあった。ミネラル分の複雑な味わいが魅力のライ麦パンは、ふきのとうの苦みと相性が良かった。

理恵は店内奥のブラックボードに目を移す。そこには本日の日替わりスープの具材に含まれる栄養素について解説してあるのだ。

ふきのとうに含まれる銅は赤血球を作るのに必要で、貧血対策に効果的なのだそうだ。また、鶏胸肉はイミダゾールジペプチドという成分を多く含むという。これは疲労回復に大きな効果が期待できるらしかった。

理恵は鶏胸肉を口に入れる。ひさしぶりの運動で疲れが溜まった身体にはうってつけの食材だ。極上の味に浸っていると、ふと隣の露の食事ペースが鈍いことに気づいた。食べないわけではないが、露がスプーンを動かす手は明らかに遅い。それに気づいた麻野が不安そうな視線を娘に向けた。

「もしかして苦手だったかな」

問われた露は首を横に振り、ふきのとうを口に運んだ。

「美味しいと思う。でも苦いからゆっくり食べたい……」

若い子は味覚が鋭敏で、苦味や酸味といった刺激的な味に強く反応してしまう。それでも露が食べたいと願うなら、個人のペースに任せるべきなのだろう。

理恵は食事を進めながら、麻野の下拵えの様子を眺める。カウンターに腰かけると麻野の調理過程が間近で観察できるのだ。

「麻野さんの包丁捌きはいつ見ても素晴らしいですね」

慣れた手つきで玉ねぎを粗みじん切りにしている。熟練者の研ぎ澄まされた動きは美しい。麻野の料理する姿を間近で見ることも、理恵にとって朝のしずくを訪れる理由になっていた。麻野は照れ笑いを浮かべつつ、まな板の上から視線を外さず作業を続ける。

「お褒めいただき恐縮ですが、僕の技術以上に、この素晴らしい包丁のおかげだと思っています。実は最近買い換えたんですよ」

麻野が包丁を掲げる。先が四角く刃が真っ直ぐな包丁は理恵の知らない形状だ。

「珍しい包丁ですね」

「これは主に野菜の調理に使われる薄刃包丁《うすばぼうちょう》です」

「薄刃包丁？」

三徳《さんとく》包丁や出刃《でば》包丁くらいは知っているが、薄刃は聞いたことがない。麻野が奥の厨房に引っ込み、何本もの包丁を運びながら戻ってきた。

「包丁には多くの種類があって、それぞれ異なる素材や調理法に適しているのです」

麻野の声が弾んでいる。麻野は色々な調理器具を買うのが好きだった。裏にある倉庫は買い集めた様々な調理器具で溢れていて整理が大変らしい。また、ジビエの熟成庫を購入する際にも問題が起きたことがある。

麻野が包丁を手に持つ。先の尖った形は理恵の自宅にある包丁より細かった。

「これは洋包丁の代表格の牛刀《ぎゅうとう》で、肉を切るのに適しています。小さなペティナイフや筋に沿って切り分けるための筋引《すじひき》包丁など、洋包丁にも様々な種類があります」

好きな物の話になると、麻野は若干早口になる。

「洋包丁ですか？」

「日本では和食に適した和包丁と、それ以外の洋包丁で区分けされています。中華包丁も洋包丁の一種ですね。僕はフレンチが専門ですが、和包丁も多く揃えています。特に魚を捌くことに関しては、和包丁は世界で屈指の調理器具です」

麻野は次に細長い包丁を手に取った。刀身が薄く、日本刀のような趣がある。

「こちらは刺身用の柳刃《やなぎば》ですね。これで魚を切ると切断面が段違いに滑らかになり、味も変わってきます。当店ではディナータイムでの魚介のカルパッチョや、ローストビーフを切る際に使用しています」

鋭い包丁を手にする麻野の佇まいは凛《りん》とした格好良さがあり、理恵は思わず頬が赤くなる。理恵は照れを隠しながら口を開いた。

「本当にたくさんの種類があるんですね」

「刃物には長い歴史がありますからね。世界各国でその土地の料理に適した変わった包丁が数多く存在します。また、各メーカーでも新素材や新技術を研究し、新しい包丁が日々生み出されています」

そこで麻野が露に探るような視線を向けた。露はのんびりとスープを食べ進めている。麻野が小さく咳払いをした。

「最近も日本の老舗メーカーが、ダマスカス鋼を使った和包丁の新作シリーズを発表しました。人間工学に基づいた柄の形状も独特で握りやすく、すでに使用した料理人の評価も上々なんですよ」

口調こそ理恵に話しかけているものの、麻野は明らかに露を意識して喋っている。露はふきのとうを食べ、複雑そうな表情であごを動かしてから飲みこんだ。ふわふわの白パンをちぎりながら、露が眉根に皺を寄せる。

「包丁なら余りすぎて、うちのキッチンの収納スペースまで全部埋まっているじゃん。これ以上増やしたら、また慎哉くんに怒られちゃうよ」

「……買わないよ」

麻野の目が泳ぐ。本当は新作の包丁が欲しかったに違いない。二人のやり取りに笑いを堪えつつ、理恵は話題を軌道修正することにした。

「家庭で使う場合はどんな包丁がいいのですか？」

気を取り直した麻野が明るい口調で答えてくれる。

「一本に絞るなら三徳包丁ですね。肉や魚、野菜などあらゆる食材に対応できます。専門的に使う場合は物足りないと感じる人もいますが、自宅で使うのであれば最適な包丁だと思います。理恵さんが現在使っている包丁も三徳包丁のはずですよ」

「そうだったんですね。今は大分前に買ったセラミック製の包丁を使っているのですが最近切れ味が鈍くなっていて、買い換えを検討しているんですよ」

「セラミック製は手入れが簡単ですが、研《と》ぐ際にはメーカーに送るか専用のダイアモンドシャープナーが必要ですからね。次はどのような包丁をお考えですか？」

理恵は平静を装いつつ、心の中で大きく深呼吸をした。

「素晴らしい鍋やフライパンを買ったので、優れた包丁も欲しくなってきているんです。買うならやはり専門店街ですよね。よければ前みたいに見繕ってもらえますか？」

「ええ、いいですよ」

麻野はあっさり返事する。理恵は内心で快哉を叫んでいたが、表面上は普段通りを装う。隣の露はやり取りを気にせず黙々とスープに集中している。

「今週の日曜はどうですか？」

麻野が早速日程を提案してくれるが、残念ながら先約があった。

「すみません。その日は用事があって京都に行くんです」

「京都ですか。それは羨ましいですね」

今週末、依咲と一緒に京都へ赴く予定になっていた。

麻野と相談した結果、買い物は翌週末の日曜に決定した。

食事を終えた理恵は会計を済ませて店を出る。三月の早朝はまだ芯まで冷えるが、
理恵の心臓は早鐘を打っていた。店舗前の路地を抜けると、大通りの歩道には出勤する人たちが大勢歩いている。顔を上げると青空を普段より高く感じた。足取りを軽く思いながら、理恵は会社に向かうのだった。

3

新幹線が発着するターミナル駅は早朝でも人で溢れていた。電光掲示板が列車の発車時刻を表示している。改札内にある大きな鈴の前で依咲と合流し、発券しておいた特急券を渡す。依咲は申し訳なさそうにチケットを受け取った。

「付き合わせちゃってごめんね」

「私も興味があったから」

大叔父の自宅整理を手伝った数日後、依咲から連絡があった。その後も整理を進めていたところ、鈴木金吾から届いた手紙を発見したという。消印は二十五年前で、住所は京都だったらしい。依咲は連絡を取ろうと考え、まずはネットの地図サービスで住所を検索した。すると該当する住所は更地になっていた。

依咲は京都に乗り込み、住所周辺で聞き込みをして現住所を突き止めようと計画した。しかし慣れない土地での単独行動は不安らしく、理恵に同行を頼んできたのだ。

新幹線用の改札を通過し、ホームは寒いので暖かな待合室で待機する。外国人観光客らしき男性が大きなリュックを抱えていた。出発時刻の少し前に新幹線が滑り込み、理恵たちは行列に並んでから乗り込む。暖房が効いた車内で、理恵は指定席に腰かけた。時間が来てベルが鳴り、新幹線は緩やかに出発する。

「来てくれて本当にありがとう。実は親族会議が開かれて、片付けが終わり次第おじちゃんの家が取り壊されることが決まったんだ。親からも早く整理を済ませろって怒られちゃった」

窓の外で高層ビルが横に流れていく。ビルの窓が朝の陽光を反射していた。依咲はリクライニングシートに背中を預けながら口を開いた。

「正直言うと自分でも、のめり込みすぎている自覚はあるんだ」

依咲がふいに目を伏せる。理恵の前の座席の人が背もたれを倒した。

「特別な理由でもあるのかな」

依咲は大叔父と親しかったが、死後に京都まで乗り込むのは、確かにやりすぎにも感じられる。依咲はうつむきがちのまま答えてくれた。

「部屋を片付けながら自分でも色々考えたんだ。仲良しだったのも当然あるし、亡くなった後におじちゃんが親戚から顧みられなかったことも気の毒に思った。でも多分一番の理由は別にある。私とおじちゃんは『ぼっち』なんだ」

「ぼっち？」

依咲がうなずく。ひとりぼっちを略したぼっちを指すのだろう。依咲が調べた限り、大叔父は借金問題で敬遠される前から親戚との交流が乏しかったという。職場や近所付き合いで得た知己もなく、友人と呼べる存在は金吾くらいだったらしい。

「私は昔から周りに上手く合わせられないんだ。おじちゃんが親戚の輪に交ざれない姿は、まるで自分を見ているようだった」

依咲は目を細めながら話を続ける。きっと大叔父を思い出しているのだと思われた。依咲も大叔父同様、親戚との集まりでは黙り込んでいる。理恵とは比較的会話が続くが、それでも大叔父の家での整理以外で長話をしたことはあまりない。普段の依咲がどのような人間関係を構築しているのか理恵には想像がつかなかった。

「おじちゃんが金吾さんの話をするときは特に楽しそうだった。多分お宝には金吾さんが関係していると思うの。私はおじちゃんが金吾さんとの交流を経て、どんな宝物を得ていたのかを知りたいんだ」

理恵は依咲が、自分と大叔父を重ねているのだと感じた。自分に似た大叔父の人生を知ることで、将来何が得られるかの手がかりを知ろうとしているのだろう。

「金吾さんから話が聞けるといいね」

依咲が不安そうにうなずく。新幹線が次の駅に差しかかり、車内にアナウンスが流れる。次の駅を出発すれば新幹線はしばらく停まらない。二人の会話が途切れる。朝が早かったせいか、気がつくと依咲の寝息が聞こえてきた。

依咲が熟睡している間、理恵は買ってあった文庫本を開いた。ミステリーを題材にしたアンソロジーで、収録作に亡き大伯母の足跡をたどる物語があった。主人公が自分自身に似ているという大伯母を意識し、遠路はるばる旅をする様は、現在の依咲の境遇に重なる部分があった。

依咲は名古屋を通過する時点でも寝入っていて、京都駅に到着する間際に目を覚ました。依咲は寝ぼけ眼を擦りながら京都駅に降り立った。昨晩は緊張して寝つけなかったと、深く眠った理由を説明した。

金吾の自宅があった土地は、京都の中心部から離れた場所にあった。京都駅で乗り換え、在来線のロングシートで隣同士に座った。

依咲は眠そうにしながら、親戚から集めた大叔父の情報を教えてくれた。

二十五年前、親戚の一人から大叔父が金目の物を預かったという情報を得た。当時の大叔父は借金が積み重なり、物騒な取り立て屋に狙われていた。心配になった親戚は大叔父の様子を見に行ったという。

「そうしたらおじちゃんは、黙々と書斎の改装をしていたんだって」

「書斎ってあの洋風の？」

理恵が質問すると、依咲がうなずいた。

窓の外に見える景色は都会から住宅街に移り、すぐに田園風景に変わった。乗客の会話のイントネーションが関東と異なり、理恵は関西に来たことを実感する。

「あの家は遠縁の男性から安く譲り受けた物件らしいの。書斎は元々物置だったみたい。それをおじちゃんが自力で煉瓦を積み上げ、壁に棚も設置したそうなんだ」

不揃いの煉瓦や棚は手作り感が溢れていたが、実際に大叔父が手がけたらしい。

「正直怪しいね」

「同感です」

改装の最中に噂を耳にした借金取りが押しかけてきたという。借金取りも突然の改装を不審に思い、部屋中を探し回った。煉瓦が積まれる前の壁を破壊してまで捜索したが、結局何も発見できなかったそうだ。

「それとおじちゃんは生い立ちが複雑で、幼少期は京都で過ごしたんだって」

大叔父は生まれてすぐ養子に出されたらしい。当時京都に住んでいた曾祖父の友人夫婦に子ができず、縁あって引き取られることになったのだ。

だが十数年後、その夫婦に奇跡的に跡継ぎが生まれた。大叔父は立場を失い、養子縁組が解消され関東の実家に戻されることになった。

「おじちゃんは京都で金吾さんと知り合ったのだと思う。そういえばたまに関西訛《なま》りが出てきたような気がするな」

依咲が窓の外に流れる河川を真っ直ぐ見詰めている。空はかすれた筆で撫でたような薄い雲に覆われていた。理恵は大叔父の喋り方を思い出すことができなかった。

目的の駅には正午前に到着した。小高い山の麓《ふもと》にある小さな駅で、理恵たち以外の乗降客は数人だけだった。小腹が空いたので、駅前にあった小さな定食屋に入る。座ると一杯の緑茶を出され、口をつけた理恵は目を丸くした。

「美味しい」

理恵が普段飲んでいる緑茶と味が違っていた。香りが高く出汁のように旨味が濃い。京都産の緑茶は東京でも飲んだことがあるが、淹れ方の違いか水が適しているのか、こちらのほうがずっと上質に感じられた。

注文した焼き魚定食も絶品だった。大ぶりの鯖も脂が乗っていたが、副菜の味に感動した。漬け物は瑞々しく、煮物は素材の滋味が感じられた。だし巻き玉子は噛みしめると出汁が溢れ出る。何の変哲もない食堂のレベルの高さに理恵は心底驚いた。

「すごく美味しいね」

理恵が話しかけると、依咲も笑顔で味噌汁を飲んでから答えた。

「近所に欲しいくらいだよ。そういえば理恵ちゃんが前に話していたスープの店はまだ通っているの？　ちょっと気になってるんだよね」

「すっかり常連だよ。機会があったら依咲ちゃんも行こうよ」

「ぜひ行ってみたい」

満腹になった二人は店主に感謝を告げてから店を出る。目的の住所まで二キロ程なので理恵たちは歩いて向かうことにした。

比較的新しい住居が多いが、時を重ねたであろう建築物がふいに視界に入る。神社仏閣や碑などが関東より多い気がした。遠出をすると、街の持つ雰囲気が地域によって異なることを実感する。理恵はその感覚を味わうのが好きだった。

理恵たちは目的地に到着した。するとかつて金吾の自宅があったと思しき場所に、三階建てのマンションができていた。地図サービスの会社の撮影以降に建設したのだろう。依咲がマンションの正面玄関脇のプレートを指差した。

「マンション名がカーサ・スズキだね」

鈴木姓は全国に多いが、偶然ではないだろう。管理会社と近隣住民のどちらに当たるか迷ったが、理恵はまず近所の人に訊ねることにした。

隣家のチャイムを鳴らすと七十歳くらいのおばあさんが出てきた。理恵が鈴木金吾という人物を探していると告げると、隣のマンションは鈴木金吾の息子の所有物件であると教えてくれた。さらにありがたいことに、徒歩圏内に居を移していることも説明してくれる。

理恵たちはおばあさんに教えてもらった鈴木金吾の息子の自宅に向かう。徒歩で五分の場所に、鈴木と彫られた表札があった。現代的な二階建て住宅のチャイムを鳴らすと、インターホンが男性の声を発した。

「どちら様でしょうか」

理恵は突然の訪問を詫び、自らの素性を説明する。訝しがるような雰囲気が声から伝わってきたが、石持伸彦の氏名を出すと態度が一変した。玄関の扉が開かれ、四十歳くらいの男性が出てくる。理恵が頭を下げると、男性が話しはじめた。

「鈴木金吾の息子で俊吾《しゅんご》と申します。石持伸彦さんの名前は父から何度か聞いたことがあります」

俊吾に招かれ、理恵たちは自宅に上がる。客間に案内されると、俊吾の妻が茶を出してくれた。理恵は来訪の目的を、鈴木金吾に大叔父の死を報せることだと説明する。不要なトラブルを怖れ、宝のことは説明しなかった。すると俊吾は神妙に頷いた。

「石持さんは父の一番の親友だったと記憶しています。ただ、父は二十数年前に海外で行方不明になりました。その事実は石持さんもご存じのはずです」

「行方不明ですか」

理恵は依咲と顔を見合わせる。俊吾曰く、金吾は様々な商売に手を出しては失敗を繰り返し、その度に周囲を巻き込んでいたらしい。

「我が家は古くから続く地主でしたが、父の放漫な性格のせいでほぼ全てが売りに出されました。現在はこの一軒家とマンションしか残されていません」

俊吾が呆れ顔で笑う。金吾は世間と同じことをしては儲けられないとうそぶき、潮流の逆に賭けるのが好きだったという。値下がり中の商品を買い占めては値上がりを待つが、大抵失敗して在庫や借金を抱えていたそうだ。

金吾の商売の仕方は、大叔父の失敗と全く同じだ。やはり大叔父は金吾に影響を受けたか、もしくは指示を受けて金儲けを企み、失敗してきたのだろう。

「ですが父には憎めない面もありました。知り合いが大量の不良在庫を抱えると、金を工面した上で自信満々に全て買い取るのです。それで助かったという人は多く、今でも毎年父宛てのお中元やお歳暮が届くほどです」

金吾はある日、儲け話があると言い残して海外に飛び立った。周囲はすぐに借金を抱えて帰ってくると予想したが、金吾は一向に戻ってこなかった。失踪届も出され、二十数年の時間が経過したことで法律上は死亡扱いになっているという。

俊吾が湯飲みを傾けてから、柔らかな笑みを浮かべた。

「石持さんとお会いしたことはないのですが、一度だけ近くにいたことはあります。あれは私が高校一年のときだから、今から二十五年前になります」

ある日、俊吾は夜中に物音で目が覚めた。窓の外を見ると妙に明るく、不審に思った俊吾は寝間着のまま外に出た。すると一台のトラックのヘッドライトが当時の鈴木家を照らしていたという。

「トラックのそばに立つ父が一人の男性に『早くしろ、伸彦』と怒鳴っていました。父の口から石持伸彦という名の親友がいることは聞かされていました。石持さんらしき人物が運転席に座っていて、慌てた様子で運転して去っていきました」

金吾はトラックに向けて『大事に保管していろよ。これで大儲けできるぞ！』と叫んだという。俊吾が見守っていると、金吾が息子の存在に気づいた。金吾は俊吾の頭を撫で回しつつ「しばらくしたら金持ちだ」と言い、自宅に入っていったそうだ。

「父は商売のため、何度も東京に足を運んでいました。石持さんと会っていたのは間違いないでしょう。ただ成功する兆しは一向に見えませんでしたが」

そして金吾は海外に行ったきり戻らなくなった。

理恵の緑茶は空になっていた。湯呑みの底に細かな茶葉が残っている。大叔父が金吾に指示され、何かを預かっていたのは間違いないだろう。だが価値があるかは、金吾の商売を思うと期待はできそうになかった。

「大叔父がトラックで去った夜のことで、何か気づいた点はありませんか？」

理恵が手がかりを求めて質問すると、俊吾は腕を組んで首を捻った。二十五年も前の出来事なのだ。覚えている可能性は極めて低いが、俊吾は眉を大きく上げた。

「そういえば翌朝、トラックが停まっていた付近に見慣れない石が転がっていました。庭にも似たものはなく、表面が平らで滑らかだったのでよく覚えています」

俊吾は他にも思い出そうとしたが、結局それが得られた情報の全てだった。理恵は感謝の意を告げ、用意していた東京土産を差し出して辞去することにした。

「多くの方々に不義理をした挙句に行方をくらました父を訪ねてきてくれたことを嬉しく思います。石持さんのことは残念ですが、ご冥福をお祈りします」

俊吾が玄関先で深々と頭を下げた。突然訪問した理恵たちを快く迎えたのは、金吾が様々な人たちに迷惑をかけたことが影響しているのかもしれない。

理恵たちは来た道を戻っていく。日が傾きつつあるが、今から急げば遅くならずに自宅に戻れそうだ。駅で電車を待っていると、依咲が口を開いた。

「お宝はあったんだね。もう少し家を探してみるよ」

「がんばってね」

理恵は励ましの言葉をかける。お宝の正体はわからないが、存在する可能性は高いようだ。京都駅に到着した時点で辺りは暗くなっていた。理恵たちは駅弁を購入し、新幹線に乗り換えた。疲れたのか依咲は往路同様に発車してすぐ寝息を立てはじめた。

その後、帰着した依咲は大叔父の家に泊まり込んでお宝の捜索を進めたという。だが成果は全く出ず、本来の目的である片付けも終わった。そして京都から帰ってきた数日後、依咲から着信があった。理恵は仕事終わりの自宅マンションで電話を受けた。

バラエティ番組を見ていた理恵は、リモコンを操作して音声を消した。

「家の取り壊しが決まったよ。そうしたら何か出てくるかもね」

依咲の声は明らかに沈んでいた。理恵は思いつく限りの励ましの言葉を並べた。テレビでは無音のまま映像が流れている。依咲は明るく応えるが、空元気なのは声音からわかった。

通話を切り、スマホを手元に置く。リモコンのボタンを押すと、芸能人の理由のわからない笑い声が部屋に満ちた。

4

駅のトイレの鏡の前でファッションを何度も確認する。春を意識した淡い桃色のニットと薄手のベージュのトレンチコート、白のプリーツスカートという格好は爽やかな装いにまとめられたが、風が強いせいか正直寒かった。

だがお洒落は我慢とも言うので、理恵は耐えることにしてメイクを確認する。問題ないと判断して地下鉄出口を目指した。

階段を上るだけで心臓が高鳴ってくる。待ち合わせ時刻は五分後だが、麻野はすでに到着していた。麻野の姿が視界に入った理恵は足を速め、目の前で立ち止まった。

「お待たせしました」

「僕も到着したばかりですよ」

初春の柔らかな陽射しの下で、麻野が優しげに微笑む。グレーのニットセーターと同系色のチェスターコート、ジーンズという出で立ちだ。シンプルな無地の衣服が背の高い麻野のスタイルの良さを際立たせている。

今日は以前約束した包丁の買い物だ。昼過ぎに合流し、軽くお茶をしてから解散という予定になっている。後輩の伊予からは夕方集合で買い物後にディナーにしろと怒られたが、昼間にのんびり過ごすほうが理恵の性に合っていた。

二人並んで歩き、他愛ない会話を交わす。太陽の下だと幸いにも暖かさを感じられた。しばらくして商店街入り口にある巨大なコックを載せたビルが見えてくる。商店街は人で溢れていた。外国人観光客の姿が目立ち、和食器や食品サンプルを物珍しげに眺めていた。

「包丁ならここと決めている店があるので、今日はそちらにご案内します」

他の店先を眺めつつ歩いていく。巨大な寸胴や麺上げ用のザル、鉄串や業務用コンロなど、家庭で使うことのない調理器具は見ているだけで楽しかった。麻野も途中で何度も立ち止まり、目新しい調理器具に興味を惹かれている。寄り道にたっぷり時間をかけ、理恵たちは目的の包丁専門店に到着した。

「わあ、すごい」

店に入った理恵は思わず声に出していた。壁際に設置されたガラスケースに大量の包丁が並べられている。理恵の知る形状もあれば、全く用途の想像できないものまで様々だ。金属の刃がどれも鏡のように研ぎ澄まされている。無数にある刃物のどれを選べばいいか見当もつかない。すると店の奥から一人の和装の女性が姿を現した。

「いらっしゃいませ。あら、麻野くんじゃない」

「こんにちは、菊乃《きくの》さん」

前に麻野と鍋を買った際に出会った女性だ。淡い紅色の着物と蝶の柄の帯が華やかで、整えられた黒髪や鮮やかな口紅など佇まいに一分の隙もない。菊乃と呼ばれた女性は麻野の背後に控えた理恵に視線を向けた。

「お連れの方は前に梅ちゃんの店で鍋を買った方ね」

顔を覚えられていたらしい。しかも麻野と鍋を買ったことまで知られている。菊乃が首を傾け、麻野に妖艶な笑みを向けた。

「あの日以来、あの女性は誰なんだって商店街の女衆が騒がしかったんだから。それで今日は二人で何をお求めに？」

「自宅で使いやすい包丁を探しに来たんです。三徳包丁がよいと思うのですが、何かオススメはありますか？」

麻野は普段通りのマイペースで菊乃と会話をしている。理恵は入り込む隙間を見つけられず、突っ立ったまま話を聞いていた。すると菊乃は思案顔になった後、しなを作りつつ理恵に視線を向けた。

「ご予算はどれくらいですか？」

「え、えっと。おおよそ二万円以内を考えています」

「かしこまりました」

急に話を振られた理恵はしどろもどろで返事をする。すると菊乃は近くのガラスケースに置かれた包丁を滑らかな手つきで指し示した。

「こちらの三徳包丁はいかがでしょう。使い勝手もよく、ステンレス製なので錆《さ》びる心配もありません。お値段も手頃なので、お買い上げいただいたお客さまは皆満足されています」

菊乃が紹介した包丁は黒色の柄《え》のシンプルな包丁だった。知識がないのでもともとは麻野や店員に任せるつもりでいた。専門家が薦めるのだから間違いなく優れた製品なのだろう。だが理恵はその上の段にある包丁に目を奪われた。

「上の包丁はどういった物なのですか？」

まず気になったのが刃身だった。金属全体に波紋のような模様が浮かんでいる。柄の部分は独特の曲線を描いていた。三徳包丁以外に、筋引や牛刀、菜切《なきり》など色々な種類の包丁が並び、どれも刃に独特の模様が浮かんでいた。

「こちらはダマスカス仕上げの最新作です。上質な鋼を使っているので切れ味は抜群ですし、柄は握りやすいと評判です。ただ手入れを怠るとすぐに錆びてしまいますし、ご予算も若干オーバーしますよ」

言われて値札を見ると、告げた予算を上回っていた。だが支払えない額ではない。理恵は麻野に視線を向けた。紹介された商品ではなく見た目だけで選んだことで、麻野がどう思ったのか気になったのだ。すると麻野は目を輝かせていた。

「さすが理恵さん、お目が高いですね。そのラインナップは僕も気になっていたのですよ！」

店の回し者でもあるかのように勧めてくる。そういえば前にダマスカスの包丁が欲しいと言っていた気がする。

上質な調理道具には相応の手入れが必要であり、手間を費やした分だけの価値が得られることは、以前買った鉄のフライパンで実感している。さすが、と言われて気を良くしたこともあり、理恵はダマスカス模様の包丁を買うことに決めた。

「お買い上げありがとうございます。砥石《といし》は買っていかれますか？」

菊乃が包丁を梱包しながら質問してくる。砥石については全く考えていなかった。素人にも研げるのか理恵にはわからない。返事に困っていると、麻野が代わりに説明をしてくれた。

「プロに頼む方法もありますが、砥石を購入して自宅で研ぐだけでも切れ味は復活しますよ。一つ買っておくのもよいでしょう」

「わかりました」

砥石コーナーに案内される。ブロック型の砥石は数千円くらいの値段で、様々な数字が書かれていた。包丁用以外にも、歪んだ砥石の表面を整える砥石も売っていた。

「高級和食店などでは荒砥《あらと》や中砥《なかと》、仕上砥《しあげと》の三つを使って順に研ぎ上げますが、ご家庭では中砥だけで充分でしょう」

理恵は包丁に合った砥石を菊乃に選んでもらうことにした。そこでふとガラスケースに入った砥石を発見する。理恵の視線に気づいた菊乃が口を開いた。

「こちらは天然砥石ですね。お客さまが買われた人工砥石が普及する前は全て、自然界の石を使って研いでいました。鋭さを求める仕上砥は天然に限るというお客様も少なくありませんが、包丁との相性もあるため扱いは難しくなっています」

天然砥石は自然の産物であるため、石自体の質にもばらつきがあるという。研いでいるうちに砥石に入り込んでいた別種の小石が顔を出し、包丁に傷をつけるということも起こるそうだ。しかし極限まで研ぎ上げるためには、人工砥石より天然砥石のほうが適しているのだそうだ。

値段を見て理恵は目を丸くする。安くて小さな品では千円台もあるが、高価な砥石は十万円を超えていた。中山《なかやま》や奥殿《おくと》、愛宕《あたご》などと記載されている。不思議に思っていると麻野がさらに解説を加えてくれた。

「中山や愛宕は地名ですね。他にも戸前《とまえ》や巣板《すいた》は採掘された層で、梨地《なしじ》や紅葉《こうよう》、浅黄《あさぎ》など砥石の模様によっても銘柄が変わります」

「麻野さんも天然砥石を使っているのですか？」

理恵の気軽な質問に、麻野が無念そうな表情を浮かべた。

「……和食の職人でもないのに必要ないと慎哉くんに止められました」

本当は欲しかったのだろう。残念な気持ちが全身から発散されている。

包丁と砥石の入った紙袋を受け取り、理恵たちは菊乃に見送られて店を出た。

理恵と麻野は駅近くにあるカフェに入った。暖房の効いた店の四人がけの席で、理恵はソファの隣に包丁の入った紙袋を置いた。刃物を持ち歩くのは緊張する。理恵はハーブティーセットを注文し、麻野はブレンドコーヒーを頼んだ。

「今日はありがとうございました。麻野さんのおかげで素敵な包丁が買えました。でもお店の方が使いやすい物を紹介してくれたのに、見た目で選んじゃいました」

「日常的に使う品ですから、気に入った物を選ぶのは大切ですよ。愛着があれば、道具を使うこと自体が楽しくなります。それに優れた包丁なので手入れを欠かさなければ一生物です」

店内にはクラシック音楽が静かに流れている。喫煙席との仕切りがなく、煙草の臭いがかすかに届いてくる。店員がカモミールティーとモンブラン、コーヒーを運んできた。カモミールティーに口をつけると林檎《りんご》に似た甘い香りが感じられる。麻野がコーヒーカップから飲み、唇を離した。

「それに理恵さんが羨ましいです。ダマスカス模様の包丁は心くすぐられる魅力がありますよね。RPGで伝説の武器を手に入れるみたいな感じがします」

「それ、すごくわかります。デザインが何より格好良いです。でも麻野さんが買ったら怒られちゃいますよね」

冗談めかして言うと、麻野は肩を落とした。

「素晴らしい調理器具を見つけると、すぐに欲しくなるのが僕の短所です。慎哉くんにも怒られますが、最近は露からも注意されるようになりました」

しょげている麻野は新鮮で、失礼ながら可愛らしく感じてしまう。理恵はフォークでモンブランを小さく口に運ぶ。栗の食味が軽やかだった。

「包丁専門店は初めてだったのですが、あんなにたくさんの種類があるのですね」

「見ているだけで楽しいですよね。和包丁と洋包丁の違いに加え、関東と関西でも異なってきます。刺身用の包丁も形状が異なりますし、鰻裂《うなぎさ》き包丁も東西で腹開き用と背開き用で形が違うのですよ」

「面白そうです。京都を訪れた際に包丁専門店を見学すればよかったな」

「京都へ行かれたのですよね。先日はお土産をありがとうございました。ゆっくりお話を聞けていませんが、楽しい旅行になりましたか？」

実は昨日まで仕事が多忙を極めていた。麻野や露に土産物だけは渡したが、朝のスープ屋しずくでゆっくりする時間を確保できず、京都での話はしていなかった。

「実は旅行じゃなくて、宝探しというか……」

「宝探しですか？」

麻野が興味深そうに身を乗り出してきた。理恵は大叔父や依咲について説明することにした。麻野が適度に相槌を打ち、理恵の話を促す。麻野は聞き上手なので、つい細かな箇所まで説明してしまう。

すると話の途中から麻野の表情が変化した。京都に赴き、金吾の息子の話を聞いた付近から眼差しが真剣味を帯びてくる。結果的に宝は見つからず、大叔父の自宅の取り壊しが決定したと伝えると、麻野が焦ったように口を開いた。

「取り壊しはいつ行われるのでしょうか」

「えっと、確か今日のはずです」

麻野の緊迫した様子に、理恵は困惑しながら答えた。モンブランに載った栗をフォークで刺すと真ん中から半分に割れた。

「今日？」

麻野が店内に不釣り合いな大声を出す。依咲から工事のスケジュールの連絡が来ていた。親類に建築関係の仕事をする人がいて、日曜に重機が空いているため急遽《きょ》頼んだのだ。立ち合いたかったが、麻野との買い物を優先させた。

麻野が焦った様子で前のめりになる。

「取り壊しには従妹さんが立ち合っているはずです。今から連絡を取って、工事を中断してもらえますか。理由は後ほど説明しますが、先方にはお宝が破壊される可能性があると伝えてください」

「わかりました」

理恵はスマホを取り出して、操作をしながら店の外に向かう。自動ドアを抜けると冷たい空気に全身が包まれた。コートを着忘れたせいで肌寒い。耳に当てると呼び出し音が鳴り、すぐに依咲の声が耳に届いた。

「理恵ちゃんどうしたの？」

「依咲ちゃんだよね。取り壊し工事はどうなってる？」

「え、何。聞こえない」

スマホの向こうから機械の駆動音が響いた。工事の最中なのかもしれない。

「今すぐ工事を中断して。お宝が壊れちゃう！」

理恵は大声で叫んだ。麻野が中断するべきと告げるなら理由があるのだろう。スマホの向こうで息を呑む気配がして、工事中断を要請する依咲の声が聞こえる。工事はどこまで進んでいるのだろう。麻野が店内から心配そうな眼差しを向けていた。

5

薄明るい早朝の路地にオレンジ色の明かりが灯っている。店先には寒さに耐えながらフェンネルとパセリが繁っていた。ドアを開け、店に入ると暖かな空気に包まれた。

「おはようございます、いらっしゃいませ」

カウンターにいる麻野がいつもの笑顔で出迎えてくれる。理恵はこのひと息つく瞬間が心から好きだった。ブイヨンの香りが料理への期待を高めてくれる。

理恵の背後では依咲が物珍しそうに店内を見渡していた。先客はいなかったので、二人でテーブル席に座る。理恵は麻野の代わりに店のシステムを説明し、一緒にドリンクとパンを取りに行った。依咲に好き嫌いやアレルギーがないことは事前に確認してある。二人分注文すると、麻野は手早く調理をはじめた。

「素敵なお店ですね」

依咲は雰囲気が気に入ったようだ。以前から興味を抱いていたが、大叔父の件で依咲から麻野にお礼を言いたいらしく、連れてきたのだ。

カウンターを見ると、麻野が細長い柳刃包丁を持っていた。普段は扱わない包丁のはずで、大きな動作で何かを引き切りしている。調理を終えた麻野がトレイに載せて二人分のスープを運んでくる。

「お待たせしました。春野菜の鰤《ぶり》しゃぶ風スープです。新鮮な鰤のカルパッチョに熱々のスープを注いだので、時間経過で味の変化が楽しめますよ」

大きめの漆塗りの汁椀に鮮やかな緑色の野菜と、表面が白く色づいた魚の薄造りが入っていた。スープから漂う湯気に、洋風と和風の香りが混ざっていた。

理恵は漆塗りの匙を手に取る。麻野の説明に従い、まずは鰤のしゃぶしゃぶを味わう。口に運んで噛むと刺身は半生で、温められた鰤の脂がじゅわっと舌に溶け出した。鰤の切断面の舌触りは滑らかで、切り口はきりりっと立っていた。切り方一つで食感が変わり、味わいも変化することを理恵は改めて感じた。

続いてスープを口に入れた。チキンブイヨンには野菜の味が溶け出し、さらに鰤の旨味が力強さを与えている。和の香りの元は煮干しのようだ。新玉ねぎと春キャベツの他に、ブロッコリーを細長くしたような見慣れない野菜が入っていた。

理恵は店内のブラックボードを見た。気になった具材は、はなっこりーという名称で、サイシンという中国野菜とブロッコリーを掛け合わせた新種らしい。抗酸化作用のあるビタミンCがブロッコリーより豊富で、ビタミンAやカルシウムなどのビタミンやミネラルをバランス良く含んでいるという。

依咲も満足そうに頬張っている。スープと野菜を楽しんでから再び鰤を口に入れる。すると充分に火が通った鰤は舌の上でほろほろと崩れ、適度に脂が抜けた身は軽やかな口当たりに変わっていた。鰤は血中コレステロールを低下させるＥＰＡや、中性脂肪の合成を抑えるＤＨＡなどを含むなど、様々な健康効果が期待できるらしかった。

「すごく美味しいですね」

依咲が小さく息を吐いた。気に入ってもらえたようで安心する。依咲は一旦匙を置き、カウンターの奥にいる麻野に向き合った。親しい相手以外には極端に緊張するらしく、表情が強張っている。

「えっと、理恵ちゃんの従妹で奥谷依咲と言います。その、先日は家の解体工事を止めてくださってありがとうございました」

「貴重な品なので、間に合ってよかったです」

麻野は薄刃包丁でセロリを刻んでいた。包丁について学んだおかげで、麻野が素材に合わせて包丁を換えていることに改めて気づく。

大叔父の自宅の解体当日、麻野の指示で作業を止めてもらった。電話した時点で解体ははじまっていて玄関や居間は半壊状態だったが、肝心の書斎は無事だった。

作業員とは押し問答があったらしいが、事情を説明したことで理解してもらえた。お宝を安全な場所に移してから、解体作業は無事に終えることができた。

理恵の話を聞いた麻野は鋭い閃きで、お宝の在り処《か》が書斎だと考えた。そして依咲が調べた結果、推理が正解だったと判明したのだ。

散々探した経緯を思い出したのか、依咲が小さくため息をついた。

「書斎が怪しいとは思っていたから、取り壊しをすればどこかからお宝が出てくると期待していました。でもまさか、煉瓦そのものがお宝だったなんて」

依咲が書斎で煉瓦を調べると、大半が煉瓦風の紙で包まれた石であると判明した。書斎の壁を覆っていた煉瓦は全て大量の天然砥石だったのだ。

「鈴木金吾さんは廃業した砥石の卸業者から、大量の砥石を譲り受けていたみたいです。それをおじちゃんに預けて、値上がりするのを待つつもりだったようです」

天然の砥石は技術の進歩により、性能が良く安価な人工砥石に押されて需要が減り続けていた。高齢化や跡継ぎ不足で発掘業者の廃業が続き、生産量も減少していた。

そこで金吾が目をつけたのは仕上砥だ。京都の山では仕上砥が生産され、なおかつ仕上砥だけは天然砥石だけを使い続ける人が根強かった。

「おじちゃんは書斎で遠い目をしながら金吾さんとの思い出を語っていました。多分あれは壁に積み上げられた砥石を眺めていたのだと思います」

　借金取りに追われた金吾は、買い取った砥石を一時的に大叔父に預けた。大叔父は借金取りから隠すため砥石を煉瓦に偽装して自宅に保管した。そして値上がりを待つ間に金吾は他の商売に手を出し、海外で消息不明になった。

　麻野が刻んだ野菜を大きなフライパンに入れ、コンロに載せる。火をつける動作をして、ヘラをつかって野菜を炒めはじめた。

「それにしても麻野さんは、どうしてお宝の正体がわかったのですか？」

　麻野はいくつかのハーブを紐で縛りつつ、時おり野菜をかきまぜていた。

「理由は色々あります。最初に疑問に思ったのは五千両という言葉ですね。砥石は産地などで名前がつけられるのですが、五千両と呼ばれる商品があるのです」

「五千両って、砥石の名前だったんですか」

　理恵が問い返す横で、依咲が口を大きく開けている。麻野の説明では、五千両で買った山で採掘されたため、その名がつけられたという。

「加えて京都は仕上砥の産地ですし、過去にトラックでお宝を運んだ後に石が残されていた話も聞きました。運搬作業中に欠けた砥石の破片だったのでしょう」

　さらに大叔父の自宅に残された建築関連の会社や理容室などの情報で、麻野はお宝の正体に見当がついたという。砥石を使うのは料理人だけではない。刃物は様々な現場で使用される。大工はノミやカンナを、理容室ならカミソリの刃を研ぐために砥石を使うことがあるというのだ。

「金吾さんが帰ってきたときに備えて、砥石を売る先を調べていたんだね」

依咲がうつむきがちに呟いた。発見された砥石の扱いは親族で相談した結果、理恵の紹介という形で包丁専門店の菊乃が価値を鑑定することになった。

その結果、五千両を含め優れた砥石がたくさん見つかった。中には閉山した場所で採掘された貴重な品も含まれていたという。

さらに壁際に積み上げられた砥石の数は多く、概算で五百万円以上の価値があると判明した。結果として菊乃経由で販売業者に買い取られることになった。売却益は税金を納めた上で金吾の息子や親戚たちで平等に分配された。発見者である依咲には多めの報酬が支払われるという。

野菜を炒める音が店内に響く。弱火でゆっくり加熱しているらしく、音はとても優しかった。依咲が食事の手を止め、沈んだ声で言った。

「おじちゃんは幸せだったのかな」

大叔父が遺したお宝の正体を知ってから、依咲は思い悩む表情を浮かべるようになった。理恵は依咲の吐露を聞き逃さないよう耳を傾ける。

「おじちゃんは金吾さんが行方不明になった後も、いつか大儲けするんだと親戚に何度か話していたらしいの。おじちゃんは親友から託された砥石を守っていたけど、それで本当に幸せだったのかな」

大叔父は親友からお宝を預かった。しかし親友は失踪したまま帰らず、二十年以上もの歳月を待ち続けることになった。依咲は大叔父に自分を重ね合わせていた。だからこそ約束が果たされることなく亡くなった大叔父の気持ちに胸を痛めているのだろう。

依咲の手が震えている。理恵は依咲の手の甲にそっと自分の手のひらを添えた。

「石持さんが幸せだったか私にはわからない。だけど石持さんにとって金吾さんとの絆には、二十年以上待つだけの意味があったんだよ」

帰らない人を待つのは苦しいことだ。大叔父も薄々金吾が戻らないことは悟っていたはずだ。だけどそれを承知の上で再会を諦めなかった。

そう思える相手と出会えたのは貴重なことだ。大叔父にとって本当の宝物はきっと、金吾が帰還を果たした際に訪れるはずの時間だったのだと思う。

「依咲ちゃんも、そのくらい大切に思える人と出会えるといいね」

理恵の言葉に依咲は唇を引き結ぶ。それから弱々しいながら笑みを浮かべ、小さくうなずいた。店内には火の通った野菜の甘く優しい香りが漂っていた。

依咲が食事を進め、理恵と同時に食べ終える。スプーンを置いた依咲がバッグに手を入れた。席を立って麻野に近づき、取り出した紙袋を差し出す。

「おじちゃんが遺した砥石です。お宝を発見したお礼に一つ差し上げます。麻野さんに気に入ってもらえるよう、菊乃さんに選んでもらいました」

「そんな貴重な品をよろしいのですか？」

「もちろんです」

麻野が目を見開いて驚き、依咲が大きく頷く。麻野が手を止め、カウンター越しに紙袋を受け取った。中から和紙に包まれた四角い砥石が出てくる。麻野が目を細めて砥石の表面を撫で、依咲にお辞儀をした。

「ありがとうございます。大切に使わせて頂きます」

麻野が砥石を紙袋に入れ、奥に置くためか厨房に向かう。そこで理恵は麻野の足取りが今にもスキップをしそうなくらい軽いことに気づいた。

大切な遺品であり、なおかつ客の前なので平静を装っているようだが、内心では天然砥石にかなり喜んでいるらしい。麻野の仕草を微笑ましく思いながら、理恵は温かさの残るルイボスティーに口をつけた。

第五話

私の選ぶ白い道

理恵が昼食を買って会社に戻ると、デスクの上に柴犬がいた。

手のひらに載るくらいの大きさで、つぶらな瞳が愛らしい。デスクトップパソコンとキーボードの間に、四本の足でしっかり立っている。リアルな感じも残しつつ、適度なデフォルメも施されていた。口を開けて舌を出す様が細かく再現されている。

柴犬の置物に見覚えがあった。以前担当していた雑貨店で売られていた、店主が作ったオリジナルの商品のはずだ。

どうして、突然こんなところに？

無人の社内でつぶやく。休日出勤で会社に来ている人は理恵が見る限り誰もいない。理恵が席を空けたのはコンビニで昼食を買ったわずかな時間だけだ。

理恵は柴犬の置物に手を伸ばす。柴犬の毛の色は茶色と白で、小さな瞳は光を反射して潤んでいるようにも見える。誰がどのような目的で置いたのだろう。考えを巡らせたけれど、理恵には全く思い当たらない。

窓の外を見ると季節外れの雪が降り続けている。昼前から降雪がはじまり、時間を追うごとに大粒になっていく。

うっすらと積もり、歩道が淡い白色に染まっていた。

1

幹事が送別会に選んだのは、鶏肉がセールスポイントの居酒屋の座敷席だった。和のしつらえの店内は小綺麗で、店員の接客も行き届いている。良質な鶏肉をふんだんに使った料理はコストパフォーマンスが高く、暖色主体の照明も落ち着いた雰囲気を醸し出していた。

入り口に置いてあったショップカードによると、経営母体は都内で様々な飲食店を展開するチェーン店だと判明した。イルミナの担当地域から外れているため、広告は掲載していない。

「理恵ちゃん、飲んでる?」

声をかけられ、頭が完全に仕事モードになっていることに気づく。職業柄、店の特徴を把握し、特長を抜き出してしまうのだ。

主賓である粟田《あわた》治美《はるみ》が割り込むように理恵の隣に座る。理恵が三分の一ほどビールの残ったコップを掲げると、治美がグラスを小さく接触させた。ガラス同士が当たる甲高い音は、個室内に満ちた雑談にかき消された。治美があきれ顔で室内を見渡す。

「私の送別会なのに、完全に私そっちのけで盛り上がってるね」

「広告部の人たちは相変わらず明るいですね」

治美が飲んでいるのはオレンジジュースを使ったカクテルのようだ。今まで一緒に行った飲み会でも、治美は最初だけビールに口をつけ、その後は甘いお酒ばかりを飲んでいた。

治美は理恵がかつて配属されていた広告部の先輩だ。理恵は入社してすぐに就職活動で志望した広告部に配属された。今日は新入社員時代に仕事のイロハを教えてくれた治美の退職が決まったことで、イルミナ編集部に異動して久しい理恵にも声がかかったのだ。

「テンション高すぎてめんどくさいけどね。あんなものまで作っちゃってさ。完全に会社の備品の無駄遣いじゃん」

治美があきれた様子で壁際に置いてあるパネルに目を向ける。パネルには治美が手がけた数々の広告がカラー印刷されていて、社員たちがめくりながら思い出を語っていく形式で紹介された。社内にある業務用印刷機を使い、拡大コピーしてから丁寧にパネルに貼りつけたらしい。実際のプレゼンにも使用できるクオリティで仕上げた大作だ。

「そんなことありません。先輩の仕事ぶりを見れてよかったです」

素直な感想を伝えると、治美は照れくさそうに口元を緩めた。恥ずかしがっているだけで、わるい気はしていないのだろう。治美が理恵のグラスにビールを注いだ。コップに黄金色の液体が注がれ、白くて細かな泡の層が生まれた。

「引っ越しはいつ頃ですか？」

「三月の半ばには終わらせたいけど、荷造りが全然進んでないんだよね」

今が三月の初めだから、あと二週間しかない。治美の退職の事情は聞いている。治美の夫の実家は、地方で老舗《しにせ》のホテルを経営していた。義父が社長を務め、将来的には義兄が継ぐ予定だった。しかし義兄が昨年急逝し、さらに義父も最近は体調を崩しがちなのだという。そこで次男である治美の夫が妻と話し合った結果、実家を継ぐ決意を固めたのだ。

「来年は子供も小学校入学だし、いいタイミングだと思ってね。お父さんもお母さんもいい人たちだし、ホテル経営もそこそこ好調みたいなんだ」

治美の夫は現社長の下で修業した後に社長に就任する予定らしい。理恵も一度会ったことがあるが、社交的で気配りができ、なおかつリーダーシップもありそうな印象を受けた。きっと経営者として立派に務め上げるに違いない。

「正直職場に心残りはある。学生時代から望んでいた職種だったし、やり甲斐も感じていた。だけど新しい職場にもわくわくしてるんだ。経験を活かしてホテルの宣伝大使としてがんばるよ」

治美が目を細め、盛り上がる室内を眺めた。治美は今年で四十歳になる。その年齢で新たな業種に挑戦する姿を眩しく感じた。それに広告部のエースとして辣腕を振るう治美の仕事ぶりを、理恵は心から尊敬していた。昔を懐かしんでいると治美は理恵の顔を覗きこんできた。

「理恵ちゃんはイルミナでがんばっているみたいだね。実はずっと心配してたの。デザインの仕事を志望していたのにイルミナに配属されて、最初はかなり凹んでいたからさ。それが今ではあの布美子の後釜で編集長代理だなんて、理恵ちゃんも成長したよね」

「栗田先輩に厳しく指導してもらったからですよ。それにイルミナに異動した後も応援してくれましたよね。私が担当したクーポン広告をわざわざ使って買い物までしてくれました。あのときは本当に嬉しかったんですよ」

イルミナへの配置換えは社長の一存で行われ、理恵にとって想定外の出来事だった。配属後しばらくは、慣れない仕事の重圧に何度も押し潰されそうになった。治美はイルミナで理恵が手がけたクーポンを使用し、利用率増加に貢献してくれた。治美の指導や励ましに支えられ、理恵は今でも働くことができている。

「そんなこともあったっけ。ところで理恵ちゃんは今後のことを考えてるの？」

治美がひじで理恵の二の腕を小突いてくる。顔は赤くて、目がとろんとしている。かなり酔いが回っているようだ。

「今後ですか？」

治美がにやにや顔を浮かべ、客席に視線を彷徨《さまよ》わせる。そして広告部の部長相手にお酌をしている伊予に目線を定めた。

「伊予ちゃんから聞いたけど、現在片想い中らしいじゃない。誰かまでは教えてくれなかったけど、その相手とは順調なのかな」

「長谷部さんめ……」

イルミナの誌面のデザインを頼む際に、広告部に所属する社内デザイナーに依頼することも少なくない。そのため伊予も広告部と付き合いがあり、今日の送別会にも声をかけられていた。

麻野とは何度か一緒に出かけたけど、悲しいことに進展は全くない。距離が近づいているようにも思えたが、理恵の勘違いという気もする。返事に窮していると、治美がグラスに口をつけた。ドリンクを飲み干し、グラスの中に氷だけ残った。

「人生何があるかわからない。自分の意志と関係なく物事が進むことは珍しくない。やりたいことを思い切りやり抜くこともときには必要だよ」

治美も義兄の急死を受け、人生が大きく変わった。本来なら会社に長く勤め続けたはずだ。治美の表情から後悔は感じ取れないが、葛藤の末に出した結論でもあるのだろう。治美は遠くの席にいる上役に呼ばれ、返事をしてから席を立った。

「それじゃね。うちのホテルにもぜひ泊まりに来てよ」

「ぜひお願いします」

治美を見送ってから、理恵はコップに口をつける。温度が上がったビールは苦味が際立ち、理恵は口直しのため唐揚げに箸を伸ばした。唐揚げは冷めてもジューシーで、ビールの苦さを消してくれた。

理恵は治美の言葉を反芻《はんすう》する。仕事や私生活には必ず変化が訪れる。それは本人の意志とは関係ない。数年後の自分を思い浮かべるけれど、うまく想像することができなかった。


目の前には麻野が用意してくれた日替わりスープがあり、爽やかなハーブの香りが漂っていた。フィンランドのロヒ・ケイットという料理で、ロヒは鮭、ケイットはスープという意味らしい。

「はあ……」

送別会の翌週、理恵は早朝のしずくでため息を抑えられないでいた。

フィンランドの人気キャラクターが描かれた陶器に、生クリームを加えたさらっとしたスープが注がれていた。じゃがいもや人参、玉ねぎといったシンプルな具材が入り、大ぶりのサーモンが沈んでいる。その上に黒胡椒と千切ったディルがあしらわれていた。

ステンレス製のシンプルなスプーンですくって口に近づけると、セリに似たすっきりしたディルの香りが感じられた。口に入れるとスープに粘度はなく、すっと舌の上を滑っていく。生クリームは控えめで、野菜とブイヨン、何より鮭の旨味がスープを豊かな味わいに仕立てている。そしてたっぷり盛られたディルのほろ苦さも存在感を発揮し、全体の味を引き締めていた。

スープは申し分ない。だけど理恵はもう一度小さく息を吐く。出社のことを考えると憶劫だった。するとテーブル席の正面に座る露が心配そうな眼差しを向けてきた。

「元気がないようですけど平気ですか？」

「ありがとう、麻野さんのスープを食べたから大丈夫だよ」

笑顔を返すけれど、勘の鋭い露を誤魔化せたかわからない。話を逸らす意図でブラックボードに視線を遣ると、露もつられて顔を向けた。

ディルはクェルセチンというポリフェノールを含み、アレルギー反応を抑制する作用が報告されているという。そして鮭の身の赤色を生み出す色素のアスタキサンチンは、ビタミンEの千倍もの抗酸化作用があると言われているそうだ。

食事を進めていくと、当たり前だけれどスープは徐々に減っていく。じっくり味わいながら、理恵は昨日の出来事を思い出す。退社間際に取締役から明朝に会議室に来るように命じられたのだ。

会社からの改まった話が朗報だったためしはない。どんな話なのか想像もつかなかった。理恵は最後に残った鮭を口に運ぶ。咀嚼すると鮭の身はふんわりと柔らかく、脂もしっかり乗っていた。ディルの風味も相まって最高の味わいだったが、スープ皿はとうとう空になってしまった。

麻野は下拵えを進めながら常連客と会話をしている。髪の白くなった高齢の女性で、最近慕っていた男性を亡くしていた。しばらく落ち込んでいたが、数ヶ月経って笑顔を取り戻しつつある。今も孫と遊びに行ったときのことを楽しそうに話していた。

「この前、一緒に神社に行ったの。最近の若い子の間では神社仏閣巡りが流行っているみたいね。何箇所も巡ったからいくつかは遠巻きに眺めるだけだったのだけど、後から調べたらそのうちの一つは工事中だと判明したの。でも私たちは、その事実に全く気づけなかった。どうしてか麻野さんにわかるかしら」

麻野は出題に対し、不思議そうに首を傾げている。理恵も答えが気になったが、時間稼ぎはもうお終いだ。理恵は大きく深呼吸して、出社の決意を固めた。

「理恵さん、お仕事がんばってね」

「ありがとう、露ちゃん」

逡巡が伝わっていたのか、正面に座る露が心配そうに励ましてくれた。気遣いに感謝しながら立ち上がり、会計を済ませるため麻野に声をかけた。

プラスチック製のブラインドが午前の陽射しを遮り、室内は無機質な蛍光灯の光で照らされていた。会議室には社長と取締役、広告部部長など上役たちが勢揃いしている。一様に無表情で用件の内容が推測できない。

普段関わりのない上役を前に理恵の胃は鈍い痛みを感じはじめる。だが社長の発した一言に理恵の緊張は吹き飛び、驚きのあまり聞き返していた。

「イルミナがなくなるんですか？」

社長は若くして起業し、一代で会社を大きくした遣り手だ。その分ワンマンで、社長の一存で経営方針や人事が大きく動かされる。結果的に会社が続いている以上有能と言えるが、振り回される社員たちは唐突な鶴の一声に戦々恐々としている。

「そうは言っていない。イルミナ編集部を他社に譲渡するんだ」

社長の声は常に怒鳴っているような迫力があった。他の役員たちは黙っている。そして社長は自覚していない高圧的な態度で経緯を説明しはじめた。

「先日経営者が参加する勉強会に参加した際に、関東全域にフリーペーパーを展開する会社の社長と仲良くなってね。すると彼がイルミナに興味を抱いていたんだ」

社長は色々な講演会に参加し、その度に影響を受けてくる。社長が口にした会社は理恵も知っている中堅で、関東近郊の主要都市でフリーペーパーを発行していた。

その会社は業界最大手の広告代理店がフリーペーパー事業から撤退するのに合わせ、都心での展開を計画しているという。そしてイルミナは東京の中心部をターゲットに発行している。

「昨今はネットに押され、フリーペーパー業界は苦戦している。だが紙媒体の可能性を信じ、地域の活性化に繋げたいと熱く語る彼の志に感銘を受けたんだ。私としてはぜひ力になりたい。彼の会社の下でなら、イルミナはさらに発展するはずだ」

社長が仕事の展望を語るとき、宝物を発見したときみたいに口調が大仰になる。

「理念は素晴らしいと思います。ただイルミナは収益を上げ、現在も会社に貢献しています。それなのに移籍することは、会社にとってデメリットではありませんか？」

「確かにイルミナは収益を維持している。それが編集長の今野くん、そして代理を務める奥谷くんの努力の賜物であることは重々承知している。だが業績が下降傾向にあることは否定しきれないだろう」

「それは……」

「イルミナは他がクーポンを出していない老舗の顧客も複数抱えるなど、編集長の今野くんをはじめとする社員たちの手によって多くの実績が積み上げられている。この点を先方は高く評価しているんだよ。だからこそ破格の値段で引き取りたいと申し出てくれたんだ。これは双方にとって大きなビジネスチャンスなのだよ」

将来的に赤字を生み出すかもしれない部署を、高値で買い取ると手を挙げた会社があるのだ。社長にとっては決定事項なのだろう。無力感に襲われるが、布美子からイルミナを託された身として納得できない。しかし続く社長の言葉で、理恵は反論する意欲を失った。

「今野君には内々で説明を済ませ、好感触を得ている。産休明けに合わせて移籍する流れで進める予定で動いているんだ」

「今野さんが……？」

布美子には説明済みで、さらに移籍にも同意している。イルミナを創ったのは布美子に他ならない。先に相談するのは筋だが、現時点での責任者である自分を素通りして話が進んでいる状況に理恵は動揺を隠しきれない。

理恵が言葉を探していると、広告部の部長が手を挙げた。

「次は私からも話がある」

広告部部長は大きな体格に似合わず甲高い声をしている。粟田の送別会では陽気に笑っていたが、今は別人のように真剣な表情だ。まだ何かあるのかと思いながら理恵は身体を向けた。

「広告部の粟田治美君が退職したよね。エースだった彼女が抜けたのに加え、他に一名急に辞めることになったんだ。それで広告部として非常に困っているんだ」

話の意図が摑《つか》めないまま、理恵は耳を傾ける。

「退社間際の粟田君に相談したところ、後任に奥谷君を推薦したんだ。彼女なら広告業務の基本は学んでいるし、すぐに自分の穴を埋めてくれると太鼓判を押していた。イルミナがあるから難しいだろうけど、と粟田君は前置きをしていたが、移籍話が持ち上がったことで相談する余地が生まれたと判断して社長にも相談してみたんだ」

社長が湯飲みに口をつける。テーブルに置くと会議室にこつんという音が響いた。

「広告部は我が社の根幹であり、疎《おろそ》かにすることはできない。イルミナの譲渡先は今野君と奥谷君の移籍を望んでいるが、我々としては奥谷君の意志を優先したいと考えている」

社長は理恵に考えみてほしいと続け、会議を終わらせた。役員たちが部屋を出て行くのを、理恵はお辞儀を繰り返しながら見送った。

蛍光灯のスイッチを消してから部屋を出ると、全身に疲労を感じた。まだ午前中なのに早くも帰りたい気分だが、仕事はたくさん残っている。

頭はパンク寸前だった。編集部に戻ると、伊予が席についていた。ホワイトボードによると他の同僚は外回り中のようだ。後ろを通るとき、伊予が顔を上げた。

「お帰りなさい。お偉いさん方と会議だったらしいですけど、何かあったんですか？」

理恵が呼び出されたことをどこかで聞いたらしいが、内容までは知らないようだ。

「大した用事じゃなかったから気にしないで。今日もがんばろうね」

「そうっすかあ」

伊予がパソコンの画面に意識を戻す。本来なら伊予にも説明したいところだけれど、社長から本決定になるまで広めないでほしいと口止めされていた。

理恵は席に座り、パソコンの電源を入れた。メーラーを立ち上げ、一通のメールを作成する。真っ先に話を聞きたい相手がいた。布美子にメールを送信してから、受信トレイの確認を進める。

必要な返信を終えると、早くも布美子からのメールが届いていた。近いうちに会いたいという内容で、理恵はすぐに今週末が空いていると返信を送った。

2

窓の外の景色がビル群から住宅街に変わっていく。電車がさらに進むと、林や田畑などの割合が増えていった。天気は良好で、青空が遠くまで続いている。

理恵は一人、都心から遠ざかる列車に乗り、窓から外を眺めていた。田植え前の剥き出しの土の脇の農道を軽トラックが走っている。視界に入る家々は昔ながらの瓦屋根が多い。電車内には新たに分譲される建売住宅の宣伝広告が垂れ下がり、都心へのアクセスの利便性を強調していた。

都県境に近づくと、今度は真新しい住宅が増えていく。車内アナウンスが布美子の暮らす新興住宅街の最寄り駅の名称を告げ、車輌が駅に到着する。ホームでは都心に向かう電車を待つ人が反対側で列を作っていた。

階段を上がって改札を抜けると、以前訪れたときよりもビルが増えていた。工事中の建物がいくつも目に入った。前回は元同僚で布美子の夫である井野《いの》克夫《かつお》が送迎をしてくれたが、今日は休日出勤だと聞いている。事前に調べておいた停留所の番号を探すと、目的地に向かうバスが停車していた。

乗り込んですぐにドアが閉まり、バスが緩やかに発車する。駅周辺にはチェーン店や新たに立てられた住宅が多かった。元々は一面の湿地帯だったが、大手開発会社が家族向けの住宅地として一帯を整備したらしい。

十五分ほどでバスは住宅街に到着した。バス停で降り、以前訪問した際の記憶を頼りに歩いていく。陽射しが強く、厚着の理恵は汗ばむほどだった。

布美子宅はすぐに見つかった。外壁がクリーム色の二階建てで、広い庭には芝生が植えられている。チャイムを鳴らすと井野環奈《かんな》がドアを開けた。環奈は布美子の義理の妹にあたる高校生だ。

「環奈ちゃん。今日はお邪魔するね」

「いらっしゃいませ。理恵さんなら大歓迎ですよ！」

環奈の声は弾んでいて、笑顔から幸せが溢れている。軽快な足取りで家の奥に案内してくれる。環奈はここから電車で十五分ほどの場所で父親と二人暮らしをしている。最近は布美子夫妻の家を頻繁に訪れているという。理恵とは以前、ある騒動を経て親しくなった。

理恵はひとまず洗面所を借り、念入りに手洗いを済ませた。それから案内されてリビングの戸を開けると、布美子が背を向けて何かを覗きこんでいた。室内にはふわっとミルクみたいな甘い香りが漂っている。理恵の存在に気づいた布美子が振り向いた。

「奥谷さん、いらっしゃい」

布美子は前回会ったときはお腹が大きかったが、今は元のほっそりした体型に近づいている。着心地が良さそうなグレーのニットワンピースという格好で、来客を迎えるためかしっかりメイクをしている。

「おひさしぶりです。今日は急にお邪魔してしまって申し訳ありません」

「この子にも会わせたかったから大歓迎だよ。ちょうど今寝たところなんだ」

布美子は再びベビーベッドに視線を落とす。そこには布美子と克夫の間に産まれた赤ん坊が眠りについていた。産まれたのは三週間ほど前だ。理恵は近づいて腰を屈め、生後一ヶ月たらずの女の子に顔を近づける。女の子は柔らかそうな白色のベビー服に身を包み、小さな寝息を立てていた。

「はじめまして、瑚珀《こはく》ちゃん」

名前はメールで事前に知らされていた。囁くように挨拶すると、瑚珀が身動ぎした。起こしたか心配になるが目は閉じたままだ。一生懸命手足を動かすのを見ているだけで、理恵は自然と笑みがこぼれた。

「顔はお母さん似ですね」

目鼻立ちがすっきりしていて、母親の面立ちに似通っている気がした。すると隣で覗きこんでいた布美子が不思議そうに首を傾げる。

「みんな同じことを言うのね。私は克夫くんにそっくりだと思うのだけど」

理恵は瑚珀の小さな手に指を伸ばした。すると予想以上の力強さで、理恵の人差し指を握りしめた。指の先にはごま粒みたいに小さな爪が生えていた。

瑚珀は眠り続けている。理恵たちがソファに座ると、環奈がクッキーやお茶を用意していた。退院直後の布美子を気遣い、家事などを率先して行っているらしい。環奈と布美子の仲は一時期こじれていたけれど、今では実の姉妹のように仲睦まじい関係を築いている。

理恵たちは茶菓子をつまみながら瑚珀の話に花を咲かせた。退院から二週間だが、義父母や布美子の両親が頻繁に様子見に訪れるらしい。

「特に私の両親の溺愛ぶりがすごくてね。一人娘が仕事一筋だったせいか、孫はあきらめていたらしいわ。だから初孫が可愛くて仕方ないみたいね」

布美子が困ったように言うと、瑚珀が突然泣きはじめた。布美子が首を支えながら抱き上げる。環奈が顔を近づけ、いないいないばあをはじめた。すると瑚珀は徐々に泣き止み、笑顔を見せるようになった。

「瑚珀は環奈ちゃんが大好きなんだ。私よりも泣き止ませるのが上手なくらいなの」

布美子が拗《す》ねるように言いながら、環奈に瑚珀を渡す。環奈は慣れた手つきで受け取り、身体全体を使って揺らした。その様子に布美子が笑みを浮かべた後、理恵に顔を向けた。

「ねえ、奥谷さん。この辺りを少し散歩してみない？　環奈ちゃん、その間に瑚珀の世話をお願いできるかな」

「こちらこそお願いします。この辺りは一度歩いてみたかったんです」

「よろこんで。叔母さんにお任せください」

環奈がおどけるように叔母さんと自称する。瑚珀は環奈の腕の中で穏やかに微笑んでいた。環奈が瑚珀の腕を取ってバイバイするのに見送られながら、理恵は玄関で靴を履いた。

家の周辺は煉瓦造りの道路やブリキ風の街灯などがあり、全体的にヨーロッパを意識したデザインになっていた。道路や公園など余裕を持って造成されていた。

家から離れてすぐ布美子が空を見上げた。

「イルミナの件、社長から聞いたんだね」

「……はい」

以前から瑚珀に会いたいと思っていたが、今日来た目的はイルミナについて聞くためでもあった。ベビーカーを押す若い女性と行き合う。布美子と知り合いらしく互いに会釈をする。ベビーカーに乗せられた赤ん坊が理恵の顔を真っ直ぐ見上げていた。完全にすれ違ってから、布美子が神妙な口調で言った。

「事前に聞かされていたのに、奥谷さんに伝えるのが後になったことは申し訳なく思う。本来であれば現時点の責任者である奥谷さんに最初に伝えるべきだった」

「それは社長の判断なので異論はありません」

理恵が産休中の代理に過ぎないことは全社員の共通認識だ。数分歩くと公園が見えてきた。百メートル四方程度の広さで、遊具は設置されていない。ベンチに座る老女が、孫らしき三歳くらいの子供が走っているのを慈しむように見守っていた。

「今野さんは賛成なんですよね。イルミナを作った今野さんが決めたことに異論を唱えるつもりはないのですが……、本音を言うと納得できないでいます」

布美子の現在の苗字は井野だが、職場では今野で通している。だから理恵は今でも旧姓で呼んでいる。理恵たちは公園の前を通り過ぎた。布美子は困ったように首を横に振った。

「社長は話さなかったみたいだけど、実は兆《きざし》コーポレーションがイルミナから外れることになりそうなんだ」

「本当ですか。そんな話、私は一切聞いていません」

兆コーポレーションは飲食店を経営する会社で、イルミナの配布する範囲に数店舗を展開している。イルミナ創刊初期に布美子が契約を結んで以来、イルミナ最大の得意先でもある。兆コーポレーションが外れた場合に即赤字になることはないだろうが大打撃であることは疑いようもなかった。

「以前から人気店を多く手がけていたけど、社長が勝負に出て関東全域に出店範囲を広げるの。それに合わせてイルミナの広告を取り止めるらしいんだ。そして次に広告を頼む先がイルミナが移籍する予定の会社だと、あそこの部長さんが教えてくれたの」

兆コーポレーションの宣伝部の部長は布美子が直接契約を取ってきた相手だ。理恵は現在、現場を任せられた部長の部下とやり取りをしている。我が社の社長はイルミナをきっかけに兆コーポレーションの社長と交流があるので、店舗拡大の件も把握しているのだろう。

当たり前のことだけれど、世の中は理恵の知らないうちに様々な事柄が決定されていく。イルミナの行く末も、社長が様々な要素を勘案した上で最善の道だと判断したのだろう。己の力不足を他人のせいにするのは情けないが、それでも理恵は無力感を抱いてしまう。

路地を曲がると、公園の先に工事中の建設現場が見えた。囲まれた塀に小学校の建設予定地と書いてある。地方では小学校の統廃合が進んでいるのに、東京の郊外では小学校が新たに作られる程に子供の数が増えているらしい。瑚珀もこの学校に通うことになるのだろう。

「移籍の件を知ったときは驚いたし、反発心もあった。だけどこの業界が厳しいのは以前からわかっていたことだから、集約で地盤が固まるのはよいことだと思う」

布美子の瞳が力強く輝いた気がした。

「それに私がイルミナで取り組んできたことは新しい会社でも発揮できる。今まで培ってきた経験で、より大きなことができるかもしれない可能性にわくわくしているの」

声音にはやる気が充満している。新会社に移れば勝手は異なるだろうし、予想もつかない躓《つまず》きに遭遇することもあるはずだ。だけど布美子の生き方には軸がある。それがぶれない限り、環境が変わっても必ず結果を出すはずだ。

「正直不安も大きい。そんなとき、奥谷さんが一緒にいてくれたら、とても心強いと思っているわ。もちろん最終的に決めるのは奥谷さん自身だけどね。よく考えて、奥谷さんが一番だと思う道を選んでほしい」

「ありがとうございます」

布美子が理恵を頼りにしてくれている。それはとても嬉しいけれど、理恵はなぜか胃に違和感を覚えた。理恵たちは布美子の自宅に戻るため踵《きびす》を返した。

行きとは異なる道を選んだところ、引っ越し用のトラックを発見した。中学生くらいの少女が重そうに荷物を運んでいる。

四月に合わせて新天地で生活をはじめようとしているのだろう。少女は理恵たちと目が合うと、緊張の面持ちで頭を下げた。理恵たちが「こんにちは」と挨拶を返すと、女の子は希望に満ちたような明るい笑顔を浮かべた。


理恵は編集部員たちからの報告を元に、仕事全体の進捗を確認する。大きな遅れはなく、理恵は安堵のため息をつく。時計は定時である午後五時半を差している。通勤カバンを手にしたところで、伊予が話しかけてきた。

「理恵さん、ひさしぶりに飲みに行きませんか？」

布美子の産休に合わせて仕事量は増えたが、伊予は着実にこなしてくれている。今では編集部に欠かせない人員だ。お誘いは嬉しかったが、理恵は首を横に振った。

「ごめん、今日は先約があるんだ」

「えー、ひさしぶりに理恵さんとお喋りしようと思ったのに。最近はランチも一緒に食べてくれないし、朝のしずくでも会えてないから寂しいんですよ！」

伊予が子供っぽい膨れ面になった。冗談めかした仕草に、理恵は自然と笑顔になる。

「ごめんね。近いうちに時間を作るから」

実はここ数日、伊予を避けていた。移籍の件の口止めのせいで、顔を合わせにくかったのだ。ただ先約があるのは本当だ。理恵は後片付けを進める伊予に見送られながら会社を後にした。


相手が指定した店は繁華街の雑居ビルの上層階にあった。予約名を告げてから半個室に案内されると、他の客たちの笑い声が壁越しに響いた。待ち合わせの相手である須藤《すどう》蘭《らん》は十分遅れで店に到着した。

「例のパーティー以来だね。元気してた？」

蘭は理恵が通っていたデザイン系の専門学校の先輩だ。遅刻を悪びれることなく快活に笑う。印象的な大きな口に、真っ赤な口紅を引いていた。

「忙しいですけど充実していますよ」

蘭に会うのは一月に蘭の知人宅で開催されたホームパーティー以来になる。

この店は世界中のビールが飲めることが売りで、メニューには国内外百種類以上のビールの銘柄が並んでいた。初めて見るビールばかりで、理恵はメニューを見ながらどれを選んでいいか迷ってしまう。悩んだ結果、店のオススメ商品であるベルギー産の黒ビールを注文した。蘭は国産のクラフトビールとポテトフライと、海老のクリームコロッケを頼んだ。

運ばれてきた黒ビールは瓶入りで、自分でグラスに注いだ。焦げ茶のビールに白色の泡の層が生まれる。乾杯してから口をつけると意外に苦味は薄く、黒糖を思わせるコクが舌に広がった。蘭も嬉しそうに喉を動かし、グラスをテーブルに置いた。

理恵たちは近況について報告を交わした。少し前に恋人ができた共通の知人の話題などで盛り上り、クリームコロッケが到着したところで蘭の表情が変わった。

「そういえばイルミナが大変って噂だけど実際はどうなの？」

「えっ」

理恵は危うく咳《せ》き込みそうになる。昔から蘭は噂話に対する受信感度が高く、専門学校時代も様々な情報を耳にしていた。社外秘であるイルミナの件を知っているのは驚きだが、理恵はとぼけながら訊ね返した。

「噂ってどんなのですか？」

「今野編集長が引き抜かれるとか、色々と飛び交っているよ」

詳細は知らない模様だ。今日は蘭から誘われたのだが、目的はイルミナの情報らしい。理恵はビールグラスを一気に空にしてからスマホを取り出した。

「編集長は出産したばかりで赤ちゃんに夢中ですよ。この前も家に遊びに行きました」

理恵は話題を逸らしたくて、ディスプレイに琥珀の写真を表示させた。蘭は写真を一瞥したが、他人の赤ん坊に興味はないのかすぐに話題を戻してしまう。

「イルミナの体制が改編されるなら、いい機会だから理恵ちゃんにうちに来てほしいと思ってるんだけどなあ」

蘭はグラスを呷《あお》りながら天井を仰ぎ見た。それから店員を呼び、ドイツのピルスナーというビールを注文した。理恵は気になっていたサクランボのビールを頼んだ。

蘭は現在、編集プロダクションで働いている。以前も理恵を勧誘してきたことがあるが、まだあきらめていなかったことに理恵は驚いた。

「どうして何度も私を誘ってくれるんですか」

純粋な疑問だった。器用でもなく社交性も優れていない自分に、それ程の価値があるとは思えない。店員が新しいビールとグラスを運んでくる。蘭がグラスに注いだビールは日本でも馴染み深い明るい金色をしていた。

「あたしって元々出版社にいて、それから編集プロダクションに移籍したよね」

「珍しいですよね」

蘭は専門学校卒業後、小規模な出版社に就職した。そこで数年間勤めてから飛び出して、さらに小さな編集プロダクションに転職した。

編集プロダクションは出版社から編集業務を委託され、雑誌や書籍などを作る業務を行っている。編集プロダクションから出版社へステップアップするコースはよく見られるが、その逆は珍しい。

「最初に入った出版社は上司の頭が固くて、決まりきった出版物しか作らせてもらえなかった。あたしはもっと好き放題に本が作りたかったの。そんなときに今の会社を知って、転職を決意したんだ」

蘭は現在、積極的に企画を立てて大手出版社に持ち込んでいるという。そこで企画が通れば契約を結び、本を作ることになる。自分で全てをこなすぶん苦労も多いらしいが、好きな仕事をめいっぱいできると蘭は笑った。

「ただ、私は大雑把な性格だから、気を抜くと細々とした部分が疎かになるのね。気を遣っているけど限界はある。反面、理恵ちゃんは要領がよいほうじゃないけど、決して仕事に手を抜かない根気強さがある」

「……そうでしょうか」

「長所は自分だと気づきにくいものだよね。専門学校のときから感じていたし、イルミナの誌面を見ていれば今でも伝わってくる。あたしはやりたいことは無数にあるし、それをもっと高めていきたい。あたしにないものを持っている理恵ちゃんと仕事ができれば、さらにいいものが作れると思っているんだ」

蘭も理恵にない多くのものを持っている。吸収していけば理恵自身も成長できるだろう。

理恵はサクランボのビールをグラスに注いだ。ジュースみたいに濃厚な赤色で、口をつけるとフルーツの甘酸っぱさが感じられ、奥底にビールの苦味があった。カクテルに近い感覚で飲めるビールは初体験で、爽やかな酸味と甘みに新鮮さを感じた。

「だけどまあ、結局は理恵ちゃんが決めることだからね。理恵ちゃん自身が一番好きだと思える道を選んでよ」

やりたいことに邁進する蘭の姿を眩しく思いつつ、理恵は胃に刺すような痛みを感じた。移籍か部署異動という二つの選択肢の間で悩んでいたが、転職という第三の選択肢があるのだ。もっと広く考えれば蘭の会社ではなく他の会社という手もある。目の前に無数の選択肢がある事実に、理恵は改めて気づく。

理恵はポテトフライに手を伸ばした。油をたっぷり吸った塩味のジャガ芋は刺激的な旨味があった。たくさんの分かれ道を前に、希望を感じる人もいるのだろう。だけど理恵には不安が勝り、胃の痛みが徐々に増してくる。指先を紙ナプキンで拭くけれど、油の感触は完全には消えなかった。

3

三月最終週の土曜は雪の予報だった。朝起きた時点で底冷えを感じ、窓を開けると真冬の空気が室内に入り込んできた。理恵はエアコンの設定温度を上げてから支度を整えた。

家を出ると案の定、真冬の寒さがぶり返していた。電車を乗り継ぎ、最寄り駅に到着したときには降雪がはじまっていた。薄く雪が積もっている場所もある。理恵は踏み溶かされた歩道を進んで会社に向かった。

オフィスには誰もいなく、理恵は一人で黙々と仕事を進めた。最近は土曜出勤するのが定番になっていた。十三時を過ぎた時点で理恵は空腹を感じはじめる。胃の調子は悪いが、栄養を取らないと作業効率が落ちる。仕方なく外に出て、コンビニで昼食を購入することにした。

裏口から外に出ると、アスファルトの地面が完全に白く染まっていた。白色の地面に足跡をつけながら、最寄りのコンビニを目指す。和風スパゲッティと豆乳を選び、レジで財布から小銭を出しているとスマホが振動した。会計を済ませ、商品を受け取ってからスマホを確認する。伊予からのメッセージと画像が送られてきていた。家の中から撮影されたらしい画像で、伊予が楽しそうにピースをしていた。背後にはガラス窓があり、雪に染まる外の景色が写り込んでいる。撮影場所は実家暮らしの伊予の自宅リビングのようだ。窓の外に葉が全て落ちた樹木があり、枝に雪が積もっていた。

メッセージは『雪ってテンション上がりますね！　寒いからお土産にもらったお吸い物をいただきます！』という内容だ。雪景色をメインに撮影したかったようにも見えるが、画面の大半が伊予の自撮り姿である。伊予は桃色の最中を手にしていた。理恵が渡した京都土産で、お湯を注ぐとお吸い物になる。伊予の身体を温めるのに役立つなら、土産を渡した甲斐があった。

理恵は信号待ちの時間を使って返信を送った。『長谷部さんは雪が好きだね。先月もそっくりな写真を送ってこなかったっけ』と送り、スマホをしまう。先月である二月の休日、関東全域で大雪になった。理恵が自宅マンションで過ごしていると、伊予から今日と同じように自宅で雪を喜ぶ画像が送信されてきたのだ。

東京は元々雪があまり積もらない。道路が白くなるくらいの雪は、今日を含めて今年は数えるほどしか降らなかった。

会社に戻り、社員証を使って裏口から入る。エレベーターで四階に移動し、オフィス奥でパーティションに区切られたイルミナ編集部まで歩く。自分のデスクに座ろうとしたところで、理恵は小さな異変に気づく。

「……何これ？」

理恵のデスクに手のひらに載るサイズの小さな犬がいた。茶色と白の毛の柴犬が、細い足でしっかりと自立している。昼食を買うため席を立った時点で間違いなく置いてなかったはずだ。周囲を見回すけれど、理恵以外の人影はなかった。

「これってもしかして」

理恵は犬の置物を手に取る。羊毛が使われ、紙やプラスチックなど複数の素材を組み合わせて作られているようだ。裏返すとお腹に小さくHの文字が書いてあった。

「やっぱり光ヶ丘《ひかりがおか》さんの雑貨だ」

イルミナの近所に以前、小物や陶器などを扱う光ヶ丘雑貨店があった。店主である光ヶ丘椿《つばき》が厳選したアイテムと、店主手ずから作ったオリジナル商品を扱っていた。光ヶ丘は動物の小物を作るのが得意で、特に犬は独特の丸っこいフォルムから人気が高かった。オリジナル商品には共通して、Hを図案化したマークが記してあるのだ。

光ヶ丘雑貨店は理恵にとって思い出深い店だった。イルミナに配属された直後の理恵は、慣れない営業に苦戦していた。担当したクーポン記事に反響がなく、掲載店舗から利用率が低いことで怒鳴られたこともあった。掲載料を支払うのだから、客が増えなければ意味がない。クーポン利用者がいなければ払った分だけ損になる。

それでも掲載料は徴収しなければいけない。振り込みが確認できず、集金に訪れた先で長時間文句を言われ続けたこともある。他にも売り込みをかけた美容院で高価なシャンプーを自腹で購入した挙げ句、広告を得られないといった経験もした。

昔から喋るのが苦手だった。そんな自分に営業が務まるとは思えなかった。心身ともに疲れ果て、持病の胃痛も悪化していた。当時の布美子は今より厳しかった。萎縮した理恵の耳にアドバイスは届かず、結果も出せないという悪循環に苦しんでいた。

辞めたいと何度も考えていた理恵はある日、開店したばかりの光ヶ丘雑貨店に飛び込み営業をかけた。

雑貨店に入った瞬間、理恵は店内の雰囲気に目を奪われた。一見ばらばらで統一感のない商品が並んでいるが、どこか共通した可愛さを持っていた。その正体は奥から出てきた一人の女性を見て理解した。

ナチュラルな生成りのロングTシャツにグレーのロングスカートというシンプルな格好を見て、理恵は自然体だと感じた。それでいてだらしなさはなく、大人らしい気品も漂っている。朗らかな笑みの女性が目尻に皺を寄せながら出迎えてくれた。

「いらっしゃいませ」

店員らしき黒髪のボブの女性に、理恵はフリーペーパーの営業であると説明する。

女性は店主の光ヶ丘と名乗り、イルミナの存在も知ってくれていた。たまたま客が不在だったため、理恵は興味を抱いてくれた光ヶ丘に広告の営業をはじめた。

書類を提示しながら、イルミナのメリットについて熱心に説明する。過去の実績や広告を出す際に期待される数字など、可能な限り蓄積されたデータを元に売り込みをかける。具体的な数字を出すことは相手の信頼感を得ることに繋がる。同時にデメリットも補足し、相手が安心感も得られるよう務めた。

いつも精一杯のシミュレーションを済ませ、過不足なく説明できている自信があった。そこでふと、光ヶ丘が理恵の顔を凝視していることに気づく。何事かと思って困惑していると、光ヶ丘が不思議そうに口を開いた。

「奥谷さんは説明中に顧客の顔を見ないのですね」

光ヶ丘の口調は柔らかかったけれど、理恵は息ができなくなるほどの衝撃を受けた。光ヶ丘の指摘は事実だ。何も言えなくなり、押し黙る。説明することに必死になって顧客の顔を見る余裕が失われていた。光ヶ丘は焦った様子で何度も頭を下げた。

「ごめんなさい。突然失礼ですよね。実は私も前は営業職についていたんです。それで昔のことを思い出してしまって、つい口走ってしまいました」

光ヶ丘は理恵の姿を、過去の自分と重ね合わせたらしい。それから店を出すまでの経緯を教えてくれた。

経理として入社した会社で営業に回され、慣れないながら必死に仕事をがんばった
こと。だがストレスから体調を崩し、会社を辞めざるを得なかったことなど、理恵に
とって他人事とは思えない内容だった。そして以前から夢だった雑貨店を開くことに
なったという。

「大変ですけど、どうしてもやりたいことだったんです」

光ヶ丘は力強く言ってから、理恵の瞳を真っ直ぐ見た。

「実は前から宣伝に力を入れたいと思っていたの。クーポンをお願いできますか?」

「いいのですか?」

断られると思っていた理恵は、光ヶ丘の申し出を意外に思う。

「せっかくのご縁だし、相談しながら素敵な広告を作りましょう」

光ヶ丘は穏やかな笑みで返事をした。そして飲食店や美容院がメインの広告クーポ
ン誌の中で、雑貨店としては珍しい程に大きな広告スペースを注文してくれた。

理恵は光ヶ丘の店のコンセプトを聞き取り、どのような客層にアピールするべきか
を話し合った。

光ヶ丘は街の外から来る買い物客をターゲットとして考えていた。イルミナの配布
エリアにはターミナル駅を中心に、商業施設や話題の飲食店などが建ち並んでいる。
道行く人は三十代から四十代を中心にした電車に乗って外部から訪れる層が多いが、

実は住宅街も近いため古くからの住民も少なくない。そういった方々は新規店に厳しいものの、優れた商品を扱っていれば末永く受け入れてくれる。

光ヶ丘雑貨店で扱う商品はどれも品が良く、質も優れていた。そこで理恵は、地元民に愛されることを目的にした広告を作るべきだと考えた。

扱う品はそのままに、宣伝する相手を変える。理恵の提案を光ヶ丘は受け入れてくれた。顧客の望みを汲《く》み取り、相手のために何ができるかを追求する。布美子が理恵に何度も繰り返した説教の意味が、光ヶ丘の言葉によってようやく腑に落ちた。

二人で作った広告は驚くほどに成功し、五十代以上の客が目に見えて増えた。選べるオリジナルの小物を特典としてもらえるクーポンも好評だった。単純な割引は即効性があるが店の売り上げにも響く。小物を特典とすることで店の商品のアピールも行え、リピーターの獲得にも少なからず寄与できたように思う。

何度目かの打ち合わせの際に、理恵は光ヶ丘から感謝の言葉を告げられた。

「ありがとうございます。理恵さんのおかげで、店を続けていくことができそうです」

「そんなことありません。このお店で扱う商品が元々素晴らしかっただけですから」

本音だった。光ヶ丘雑貨店の商品の魅力があれば、理恵の協力がなくても繁盛したはずだ。だけど光ヶ丘は首を横に振った。

「いえ、理恵さんのおかげですよ。私はお店に手一杯で、市場調査などの基本を怠っていた。営業時代はできていたはずなのに、別のことに気を取られると忘れてしまうものなのですね。でも理恵さんと広告を作っていく上で、大切なことを思い出せました。やっぱり誰かに相談しないと視野が狭まっていくものなのですね」

光ヶ丘は広告の出来を喜び、その後も継続して広告を出稿してくれた。その度に理恵は光ヶ丘の顔を見ながら広告を手がけた。光ヶ丘と培った経験によって、その後の理恵の仕事の質は明らかに向上した。

感謝の言葉を言いたいのは理恵のほうだった。光ヶ丘との仕事を経たおかげで理恵は、イルミナで仕事を続けるだけの自信をつけることができたのだから。

過去を思い出しながら犬の置物を撫でる。光ヶ丘手作りの雑貨には愛着がある。現在もマンションにいくつか置いてあるけれど、この犬の置物は買っていない。なぜ犬の置物が理恵のデスクに置いてあるのだろう。誰の仕業なのか、目的もわからない。

光ヶ丘雑貨店は二年前に閉じてしまった。良心的な値付けと高額な家賃のせいで儲かっているとは言い難かったが、何とか黒字は確保していた。しかしビルの建て替えが決まり、光ヶ丘の実家の都合も重なって故郷に帰ることになったのだ。何度か手紙のやり取りはしたが、現在は疎遠になっている。

「そういえば、長谷部さんが買っていたような……」

伊予が入社しイルミナに配属された直後は、仕事を教えるため一緒に外回りをしていた。光ヶ丘雑貨店が閉店を決めた頃で、伊予を伴って訪問したことがある。その際に伊予は雑貨を気に入り、柴犬の置物を自費で購入していた。買った後、伊予は置物を自宅に持ち帰ったはずだった。

だが置物が出現した時点で、伊予は自宅から雪の写真を送ってきた。理恵はスマホを操作し、先ほど送られてきた写真を表示させる。すると室内の写真の隅に棚が写り込んでいて、そこに柴犬らしき置物があった。理恵のデスクにあるのは、伊予の購入したものとは別の品なのだろう。少なくとも伊予のアリバイだけは成立している。

「……悩んでも仕方ないか」

理恵は気を取り直し、今日中に仕上げようと思っていた仕事を急いで終わらせた。夕方に一段落し、理恵は会社を出るために準備を整えた。迷ったけれど、犬の置物はデスクの上に残しておくことにした。念のためスマホで写真を撮影しておく。

退社して駅の改札をくぐり、滑り込んできた電車に乗り込む。地下鉄のロングシートに腰かける。車内は空いていた。窓の外はトンネルの暗闇で、理恵は犬の置物の画像を眺めた。

休日のビルは社員証がなければ出入りできない。仮に入れても会社に続くドアを開けるために再び社員証が必要になる。犬の置物をデスクの上に置けるのは社内の人間である可能性が濃厚だ。

　理恵にとって光ヶ丘雑貨店は特別な存在だ。布美子はもちろんかつての同僚も知っているし、伊予にも何度か仕事上の体験談として伝えたことはある。

　誰の仕業か考えても思い当たらないが、一番謎なのが動機だった。犬の置物を置くことの目的が、いくら悩んでもわからないままだ。

　スマホを使い、ネットで光ヶ丘について調べた。

　雑貨店を経営していた時期は、店のＳＮＳのアカウントこそ持っていたが、面倒なので本人名義では登録していないと話していた。だが疎遠になった二年の間に気が変わった可能性はある。いくつかのＳＮＳで検索すると、あっさりと光ヶ丘にたどり着いた。本人の顔写真が公開されているから間違いないはずだ。ただし苗字が変わっていて、旧姓の欄に光ヶ丘の名前が記されていた。現在の苗字は佐々木《ささき》らしい。

　画像と文章の投稿がメインのＳＮＳで、光ヶ丘の暮らしぶりが閲覧できた。他人の生活を覗き見するような後ろめたさもあるが、全世界に発信しているのだから気にしすぎだと思い直す。主婦として生活しながら主に子供の写真をアップロードしていて、雑貨店は営んでいないようだ。

　最寄り駅の名前を車内アナウンスが告げ、理恵はスマホから目を離す。改札を抜けてから駅隣接のスーパーに立ち寄る。店内にはクラシック音楽が流れ、買い物客が商品を眺めていた。鮮魚コーナーに新鮮な鯖が安く売られていた。冷蔵庫に大根が余っていることを思い出した理恵は、鯖を一本もらうことにした。細々とした品を買い物カゴに入れ、会計を済ませてから店舗を出た。

マンションに帰り、着替えを済ませた時点で午後五時になっていた。理恵はキッチンの前に立ち、まずは炊飯の準備を進める。それからまな板の上に鯖を載せ、麻野と一緒に買ったダマスカス仕上げの包丁を手に取った。

尾頭付きの魚を三枚に下ろす経験は、学校の調理実習以来かもしれない。念のためプリントアウトしておいた下ろし方を参考に作業を進める。

まずは胸びれの下を斜めに切り落とすため、刃を鯖に当てた。そして力を込めて包丁を入れると、驚くほど簡単に頭を落とすことができた。

「こんなにあっさり切れるんだ」

ダマスカス鋼の包丁は購入して以来、何度か野菜や肉を切るときに使っていた。切れ味が優れているとは思っていたが、魚を骨ごとすんなり断ち切れることで、過去に使ってきた包丁との品質の違いを実感した。

続いて内臓をこそげ落とし、水で洗い流す。背を手前にして、包丁を寝かせた状態で尾から刃を入れていく。中骨にそって身を切り取り、裏返してから反対側の半身も同じようにした。最後に半身に残った腹の骨を取り除き、三枚下ろしは完成だ。

「この包丁、本当にすごい」

作業を終えた理恵は、包丁をまじまじと見詰めた。刀身に浮かぶ不規則な波紋を購入時より勇ましく感じる。想像より容易に三枚下ろしが完成した。身の断面も滑らかで、売っている切り身と遜色ないように見える。

理恵は半身の一枚をラップでくるみ、フリーザーバッグに入れてから冷凍庫に保存した。そして半身に塩を振り、しばらく置いておく。次に捌いた際に出たアラをさっと湯通ししてから冷水につけ、表面のぬめりや血合いを落とす。

「さて、調理に取りかかるか」

今から作るのは船場汁《せんばじる》だ。以前麻野と買い物をした際に、話の流れで教えてもらった料理になる。大阪の問屋街で生まれた鯖と野菜の汁物だ。

雪平鍋に水を張り、昆布と大根、鯖のアラを入れる。弱火でじっくり煮だして素材の旨味を汁に溶け出させる。沸騰したら昆布を取り出し、アクも小まめにすくっていく。調理の合間に包丁の手入れも欠かさない。

続けて魚焼きグリルで鯖の半身も焼いていく。大根に火が通ったら塩と醬油で味を調え、仕上げに生姜の絞り汁を加える。

本来なら気を遣うべき細かな工程を省略しているのかもしれない。だけど自分で食べるだけの料理なのだからこれで充分だ。炊き上がったご飯と焼き鯖、そして漆塗りの器に盛りつけた船場汁、冷凍しておいたほうれん草のおひたしが理恵の本日の夕食だ。

テーブルに一式揃え、腰を下ろして手を合わせる。

「いただきます」

理恵はまず船場汁に口をつけた。骨や身の旨味がたっぷり出ていて、下処理がうまくいったのか生臭みもない。火を通した青魚の香気が昆布の香りと重なり、上品な仕上がりになっていた。不慣れなせいかアラにたくさんの身がついていた。脂が乗っていて、骨周りの身特有のゼラチン質を感じさせるコクが楽しめる。ふっくらとした鯖の塩焼きも手作りにしては出来が良く、理恵は満足した気持ちで夕飯を終えた。

棚には光ヶ丘雑貨店で購入した羊の置物が置いてあった。同じ作者が手がけた商品なので顔がよく似ていた。

パソコンの電源を入れ、光ヶ丘のSNSを再度閲覧する。光ヶ丘は一年程前、結婚を機にSNSを開始したらしい。現在は故郷の山陰地方に帰り、夫の実家で相手方の両親と同居をしているようだ。

光ヶ丘の日記には個人的な出来事が記されてあった。母親が倒れたのを機に雑貨店を閉めて帰郷し、介護と家事をしながら地元の食品会社に就職したらしい。

母親は当初の見立てより回復が早く、介護の負担が減ったことを機に取引先で出会った現夫と交際をスタートさせた。そして妊娠をきっかけに結婚し、母親の介護が不要になったことも重なり夫の家で同居することになったそうだ。

読み進めると、雑貨店経営時の思い出も綴られていた。そこにはフリーペーパーのおかげで客が増えたこと、一生懸命な担当者に感謝していると書かれてあった。嬉しさがこみ上げ、瞳が涙で滲む。

コメント欄には雑貨店のファンも書き込んでいた。現在も作っているかとの質問もあったが、『今は子育てで精一杯』『閉店を悔やんだ時期もあったけど、今はやりたかったことに全力で取り組めた経験が財産になっている』と清々しい笑顔に添えて投稿していた。

「私が一番、やりたいこと」

投稿を読みながら、理恵は自分が望んでいる道が何かを考える。すると胃の辺りが鈍く痛みはじめた。悩み続けた理恵の脳裏に布美子や治美、蘭や光ヶ丘の顔や言葉が思い浮かぶ。

「……そうか」

悩み抜いた結果、理恵は一つの答えを得た。

三十年以上生きてきて薄々わかっていることではあった。しかし認めるのが怖くもあった。ただ、理恵にとって最も納得できる結論は一つだけだ。

理恵はスマホの画面に柴犬の画像を表示させた。人懐こそうな表情は昔の飼い犬を思わせ、理恵は麻野を連想した。初めてスープ屋しずくに入店した際、理恵は麻野を柴犬に似ていると考えたことを思い出す。

「柴犬のこと、麻野さんに聞いてみようかな」

かつて光ヶ丘は、理恵に相談することで大切なことを思い出すことができたと言ってくれた。それは理恵にとっても同じだった。光ヶ丘との広告作りを経ることで、仕事上での悩みを乗り越えることができた。

今後のことも問題だけれど、犬の置物の件も気になった。不可思議な出来事を相談するなら麻野以外に考えられない。麻野ならきっと解決してくれるはずだ。それに気持ちが沈んだときは、しずくのスープを摂って身体を労るべきだと思った。

元々誰かに相談することが苦手だった。何度も自覚して、意識して一人で考え込まないように心がけているつもりだ。先日も夢乃に対して、誰かに相談する重要性を説いたばかりだ。それなのに不得手なことは気を抜くと簡単にないがしろにして、失敗ばかりだったスタートラインに逆戻りしてしまうらしい。

理恵はパソコンを閉じる。相談することを決めたら、気持ちが少しだけ軽くなった。意識すると急に柴犬の置物が麻野そっくりに思えてくる。柴犬の画像を眺めるだけで頬が赤くなる自分が、理恵は妙に気恥ずかしかった。

4

スープ屋しずくに通うようになって一年以上経ち、季節の変化を今まで以上に実感するようになった。真冬は日の出が遅く、早朝のしずくに向かう道中は夜の闇だ。しかし春が近づくにつれて凍えるような寒さは和らぎ、道行きは薄明るくなっていく。

降り積もった雪は明くる日には一瞬で溶けてしまった。暗い路地の先に明かりが見えるのも好きだけれど、朝靄《もや》の中でしずくのドアを開ける瞬間も嬉しさがこみ上げてくる。ドアを押すとベルの音が響き、理恵は店内に一歩足を踏み入れた。

「おはようございます、いらっしゃいませ」

麻野は今朝も柔らかな物腰で理恵を出迎えてくれた。朝営業の開始直後に来たため客は誰もいない。理恵がコートを脱ぎ、カウンターに腰かけると麻野が口を開いた。

「本日のスープはロシア風の魚のスープです」

「ロシア風は珍しいですね。どのようなお味なのですか？」

「白身魚と野菜を使用した透明でシンプルなスープです。調味料は塩だけなので、あっさりいただけるかと思います」

「ロシア料理はもっと濃い味つけだと思っていました。とても楽しみです」

「かしこまりました」

理恵が注文をすると、麻野がスープを用意するため奥の厨房に引っ込んでいった。その合間にライ麦パンとルイボスティーを用意して席に戻ると、麻野がトレイにスープを載せて戻ってきた。麻野がカウンターに皿を載せる。

「お待たせしました。ロシアではウハーと呼ばれています」

藍色や朱色で絵付けをされた深皿に、透き通ったスープが入れられていた。具材は人参やジャガ芋などの野菜の他に、白身魚の切り身が入っている。ただ理恵が見た限り数種類の魚が使われているようだった。上にイタリアンパセリが散らされている。

「いただきます」

理恵は木製の匙を手に取り、スープだけをすくって口に運んだ。

「上品な味……」

スープにはシンプルな魚の出汁が溶け込んでいた。鶏のブイヨンは使っていないらしい。野菜の旨味やハーブの香りはあくまで脇役だ。澄み切った魚介の旨味がストレートに楽しめる日本人好みの味だった。

「魚の旨味を純粋に味わう料理は世界各国にあるようですね。やはり素材の味を活かすことが料理の基本だと思います」

麻野の言葉に理恵は何度もうなずく。良質な素材であれば、不必要に手を加える必要はないのだろう。その塩梅を見極めることも料理人の腕なのだ。理恵は次に具材に取りかかる。食べ進めていくと、入っている魚の味わいや食感が違っていた。

「これは何の魚なのですか？」

「ニシンと鱈《たら》、カジキマグロなどを使っています。ウハーはロシアで魚のスープを意味していて、たくさんの魚を使ったウハーが最も美味しいと言われているそうです」

複数の魚の旨味や脂が溶け出したおかげで、スープが重層的で満足感のある味に仕上がっている。一つの素材の味を引き出す日本料理とは違っていて、こちらも魅力溢れる調理法だと思った。酸味の効いたライ麦パンも、あっさりしたスープの味を引き立てるのに役立っていた。

「とても美味しいです。先日、麻野さんに教えてもらった船場汁を作ったのですが、魚の出汁のスープなのに全く違いますね。どちらも本当に素晴らしいです」

麻野がぱっと嬉しそうな表情になった。

「船場汁を作られたのですね。お口に合ったようで何よりです。良質な魚介はシンプルな味つけでも充分に美味しいスープが取れますから、作り手側としても美味しさを損なわないよう注意が必要です。世界一魚介を食べると言われるモルディブでは、鰹《かつお》と塩と水だけで作るガルディアと呼ばれるスープが親しまれているようですよ」

「それだけで大丈夫なのですか？」

「想像以上に美味しかったですよ。理恵さんも試してみてはいかがでしょうか」

鰹と塩と水だけで作るのだから、つまりは鰹の塩茹でだ。麻野が言うからには美味しいのだろうけれど、味の想像が全くつかなかった。

理恵はブラックボードに目を向ける。鱈にはビタミンB12が豊富に含まれ、貧血予防に役立つとされていた。ニシンを食べると血液さらさら効果のあるDHAを摂取でき、カジキは塩分を体外に排出する効果のあるカリウムを含有しているという。

理恵が魚の味に舌鼓を打ちながら、下拵えを進める麻野に向けて口を開いた。

「そういえば先日、変なことがあったんですよ」

「何でしょう？」

麻野がジャガ芋の皮剝きをする手を止めないまま聞き返してくる。理恵は食事を進めながら、職場で起きた柴犬の置物の件を説明した。麻野は器用に皮を剝きながら話を聞いてくれる。

説明を終えた理恵は、ルイボスティーに口をつけた。ほどよく冷めたお茶は、熱々のときより甘みが感じられた。

「状況的に社内の人間の行動だと思うのですけど、心当たりがないのです」

麻野は大量のジャガ芋を金ザルに入れ、思案顔を浮かべながら奥の厨房に運んでいく。戻るときにはたくさんの人参を運んできた。

「お話を伺った限り、長谷部さんの行動がいかにも怪しいですね。送られてきた写真を見せて頂いても構いませんか？」

「写真を見せるのは大丈夫ですけど、長谷部さんにだけは不可能ですよ」

伊予の自宅から会社までは一時間ほどかかる。写真を送ってきた時点で自宅にいたのであれば柴犬を置くことはできない。理恵はスマホを取り出し、操作して画像を表示させる。麻野に手渡すと、手を拭いてから受け取った。そしてしばらく画像を見詰めてから、麻野が笑みを浮かべた。

「やはり今回の件は長谷部さんが行ったようですね」

「本当ですか？」

理恵は麻野からスマホを返してもらう。麻野は洗剤を使って手を洗ってから手を拭き、ピーラーで人参の皮剝きをはじめた。

理恵は写真を見詰めながら麻野に反論する。

「この写真では雪が積もっています。土曜に雪が降りはじめたのは昼前で、積もったのは昼ごろのはずです。雪が積もった時点から家を出たのでは、長谷部さんの自宅から会社まで間に合いません」

「長谷部さんは天気予報を参考にして、雪の積もり具合を見越して仕掛けを施したのでしょう。手に持っているのは理恵さんが渡していた京都でのお土産ですよね。それもアリバイ工作の一部なのだと思います」

「もしかして以前撮影した写真の背景と合成したのですか？」

理恵は写真を拡大してみるが、つなぎ目に合成特有の違和感は見られない。それに伊予は画像修正ソフトを扱えないはずだ。

「考え方は極めて近いですが、僕はもっと原始的な方法だと考えています。理恵さんの会社は広告系ですから、社内に高性能の業務用カラープリンタがあるはずですね」

「広告部に置いてあります」

理恵は先日の治美の送別会を思い出す。治美の仕事の数々を大型のカラープリンタで印刷し、送別会で披露していた。理恵の返事に麻野がうなずく。

「おそらく長谷部さんは、過去に撮影した雪景色の写真を性能の良いプリンタで印刷したのでしょう。そしてそれを窓に貼りつけた上でスマホを使って撮影したのです」

「この窓から見える景色が写真？」

窓の部分を拡大して凝視する。だけどスマホの画像の解像度では判別できない。

「おそらく先月撮影したなかで、理恵さんに送信していない画像を利用したのでしょう。事前に会社で拡大コピーを取ってから自宅に持ち帰った。それを窓に貼り、同じ角度から撮影したのです。人間の視覚はいい加減ですから、写真と区別できないものなのです」

理恵は再び画像の景色部分に注目する。言われてみれば折り目か繋ぎ目のようなものがある気がした。それから麻野は、先日常連客から聞かされた話を教えてくれた。それは理恵も同じ時間帯にいた、孫と一緒に神社仏閣を巡った女性の話だった。

常連客は孫と一緒に、とある神社を訪れた。そのときは遠くから眺めるだけで次の場所に向かったが、後日その神社が工事中のため正面全部がビニールシートで覆われていることを知った。

だが常連客の記憶では間違いなく神社を見たはずだった。気になった常連客は再びその神社を訪れたという。参道を進んでいると、遠くには間違いなく神社がある。だが近くを歩いていた五歳くらいの女の子が、隣の母親に「あの神社おかしい」と不安そうに言い出した。母親は意味がわからない様子で娘をなだめ、参道をそのまま歩いていった。常連客も近づいていくと、途中で違和感に気づいたという。

「事前に仕入れた情報通り、神社はやはり改装中でした。ただし前面を覆うビニールシートに、神社の写真が印刷してあったのです。至近距離や斜めからなら違和感に気づけるそうですが、離れた場所で正面から見るだけでは偽物だと全く気づけなかったと、お客さんは驚いていました」

にわかには信じられないが、麻野は理恵の持つスマホを手で指し示した。

「窓から見える雪景色に木が写り込んでいますよね。枝振りから察するに桜の木だと思われますが、枝は少々寂しい印象です。一昨日撮影されたのであれば、膨らんだつぼみがないとおかしいはずです」

「そういえば……」

麻野の指摘に理恵は画像をさらに拡大させる。画像こそ粗いけれど、桜の木の枝にはつぼみが見えない。麻野の指摘通り、伊予から送られてきた画像にはアリバイ工作が施されていたのだ。

「伊予さんは昼過ぎから雪が降るという予報を聞き、写真の印刷など準備を事前に整えたのでしょう。トリック写真を撮影した後で会社に移動し、理恵さんに気づかれないように隠れていた。そして理恵さんが昼食のため席を立ったのを見計らって置物を置き、スマホに写真を送信した後に会社を出たのだと思います」

最近の理恵は毎週土曜に出社している。伊予はどこかから様子をうかがい、理恵が席を外す瞬間を探っていたのだろう。

「どうしてそんな手の込んだことを」

人物は特定できても、肝心の動機が全くわからない。理恵が戸惑っていると、麻野が困ったような笑みを浮かべ、先週来店したという伊予の様子を教えてくれた。

伊予はディナーに訪れ、一人でワインを楽しんでいたという。そして徐々に酔いが回った後、慎哉に『理恵さんが自分を頼ってくれなくて寂しい』と拗ねながら愚痴をこぼしていたそうなのだ。それから麻野を捕まえて『理恵さんは麻野さんに何か相談しませんでしたか？』と聞いてきたのだそうだ。

「心当たりは特にないと答えると、『イルミナが大変なんだから、誰かに相談すればいいのに』と口を尖らせていました。理恵さんは今、大きな悩みを抱えているようですね。長谷部さんは一人で苦しむ理恵さんを、とても心配していましたよ」

伊予はイルミナの移籍を知っていたのだ。蘭の耳に噂が届くくらいだから、顔の広い伊予が知っていても不自然ではない。その上で伊予は理恵を心配し、相談に乗る機会を示してくれていた。だけど理恵はイルミナ移籍を隠しているという後ろめたさもあり、伊予の誘いを無碍《むげ》に断っていた。

「もしかして長谷部さんは……」

伊予はわざわざ手の込んだトリックを使って、理恵の目の前に謎を提示した。不思議な出来事に直面した理恵はそれを解こうとする。しかし結局は推理できず、麻野に謎を持ち込むと予想したのだろう。

伊予の目的は、理恵が麻野に相談するきっかけを作り出すことだったのだ。

イルミナ移籍話は秘密になっていて、伊予は立場上知らないことになっている。だから伊予から話を振るのは気が引けたのだろう。その上で何度か食事や飲みに誘い、伊予なりに理恵を励まそうとした。だけどことごとく断られ、その間に理恵はさらに悩みを顔に出すようになった。

伊予は思い詰めた理恵が誰にも相談しないことがわかっていた。そこで業を煮やした伊予はトリックを仕掛けた。簡単な謎なら麻野にも相談しやすいと判断したのだろう。そして伊予は謎の相談を足がかりとして、理恵が麻野に本当の悩みを伝えることを望んだのだ。

回りくどいけれど、伊予の気持ちはありがたかった。理恵は伊予の目論見《もくろみ》に乗ることにした。

「……実は仕事のことで悩んでいるのです。お話を聞いてもらえますか？」

「少しでも理恵さんの助けになるのであれば喜んで」

「ありがとうございます」

麻野が笑顔でうなずいてくれる。伊予の心遣いに理恵は心から感謝した。

理恵はイルミナの移籍問題のこと、広告部から誘われていること、さらにかつての知人から転職を勧められていることも話した。麻野は香味野菜を刻みながら、適度な相槌で話を促してくれる。

理恵は暖かな空気に包まれながら、数日間抱えていた悩みをさらけ出した。

「私の周囲で活躍している人たちは皆、自分のやりたい仕事に本気で取り組んでいます。その姿はとても格好良くて、素晴らしいと感じました。だから私も自分と向き合い、本当にやりたいことを考えたんです。その結果、気づいたんです」

布美子は産休明けに会社を移っても、イルミナの仕事に取り組もうとしている。そんな布美子が一緒に仕事をしたいと言ってくれた。充実感でいっぱいの今の生活に不満はなかった。

治美が広告部の戦力として指名したのは、専門学校で培った技術を活かす場を与えるという意味合いもあるのだろう。その気遣いはありがたいし、評価してくれたことも嬉しかった。

蘭は自分の納得する仕事をするため邁進《まいしん》しているし、一緒なら面白いことができそうな予感があった。

仕事をやりきったと語る光ヶ丘の写真は満足感でいっぱいだった。自分もそんな風になりたいとSNS上の笑顔を見て本気で思った。

理恵と関わる人たちは誰もが、やりたいことを持っていた。自ら選んだ道を進む姿は本当に眩しい。

理恵の目の前には、たくさんの道がある。そのどれもが真っ白で、先に何があるかわからない。そしてどの進路も可能性に満ちている。

だからこそ理恵は自分の出した結論が悲しかった。

「何も、なかったんです」

理恵はきつく目を閉じる。胸の裡を告げるのは怖かった。でも麻野になら言える気がした。

「どれだけ考えても、私にはやりたいことなんてありませんでした。だから何を決め手にして、どの道を選んでいいかわからないんです」

イルミナでの仕事は楽しいし、同僚も信頼できる。でも与えられた仕事であるという感覚は変わらない。

だからといってデザインの仕事を、どうしてもやりたいと願っているわけではない。本気で取り組みたいなら、今まで何度も機会はあった。イルミナ配属に合わせて転職もできたし、蘭からのヘッドハントの誘いもあった。広告部から治美の後釜として指名されて即答できない時点で、理恵から熱が消え去っている証拠だ。

私には、やりたいことが何もない。

知り合いたちは皆、仕事を通じて充実した日々を過ごしている。そんな人たちを目の当たりにしながら、この事実を認めることは辛かった。

麻野は切り刻んだ野菜を鍋に投入し、コンロに火をつけた。野菜を油で炒めた香りが店内にゆっくり立ち上る。

そして麻野は木べらで丁寧に野菜をかき混ぜながら告げた。

「やりたいことがなくても、別にいいのではないでしょうか」

「え……」

あっさりとした口調に理恵は虚を突かれた。麻野は丁寧に野菜を炒め続けている。

「世の大半の方々は仕事にしろ趣味にしろ、やりたいと強く願うことが見つからないままのほうが普通だと思います。夢を抱いた上で何かを成し遂げる人は輝いて見えます。ですがそれは特殊事例で、参考にして焦る必要はないように思うのです」

「そんなものでしょうか」

やりたいことに邁進する人たちは格好良く見えた。だからこそああなりたいと願った。その結果やりたいことがない自分を思い知り、不甲斐なさに落ち込んだ。

「それなら私は何を基準に進路を選ぶべきだと思いますか？」

「人間には得手不得手があります。たとえば僕は料理を作ることが得意で、なおかつストレスを感じません。それがスープを提供するというやりたいことに重なっているのは、単なる幸運だと考えています。ストレスを感じないという基準で仕事を選ぶ手もあると思いますよ」

麻野が野菜を炒め続けると、匂いが徐々に変わってきた。最初は青臭さや土臭さが感じられたが、緩やかに甘やかな香りが漂ってくる。

「そんな消極的な理由でもいいのでしょうか」

楽な道を選ぶことで自分を甘やかしている気がした。だが麻野は首を横に振った。

「どんな仕事でも困難には必ず遭遇するでしょう。それを乗り越えるときに負担が少なければ、より大きな仕事にも取り組めるはずです。それはさらなる成長や達成感の獲得に繋がると思います。それにストレスが減ればプライベートも充実し、仕事にも還元されるはずです。無理に余計な苦労を背負い込む必要はないと思います」

「……そうですね」

やりたいことが決まらないことを悲観していたけれど、ないものは仕方ないのだ。麻野の言葉のおかげで、そう思える気がした。やりたいことに取り組む人たちに囲まれていたことが、理恵の思考に影響を与えていたのかもしれない。凝り固まった考えから解放され、肩が軽くなったように感じられた。

「ありがとうございます。もしかしたら私は、やりたいことをするべき、夢や目標に突き進むべきという固定観念に囚われていたのかもしれません。麻野さんに相談して本当によかったです」

「会社勤めもしたことがない身で、差し出がましいことを言いました。少しでも理恵さんの心の負担を減らせたのであれば幸いです」

麻野は困ったように笑い、まだ野菜を炒め続けている。じっくり火を通すことで、優しい野菜の味を最大限に引き出そうとしている。理恵が残りのスープを口に運ぶと、優しいけれど輪郭のはっきりした旨味を感じた。舌で味わった滋味深さは喉を通り、身体全体に染みわたっていく。

「あ、理恵さん。おはようございます」

カウンター奥のドアが開き、露が顔を出した。

「おはよう、露ちゃん」

「露、おはよう」

理恵と麻野が挨拶を返すと、露はカウンターを回り込んで理恵の隣に座った。そして理恵の顔を心配そうに見詰めた。

「理恵さん、体調はどうですか？」

露は他人が抱く負の感情に敏感だ。最近理恵が悩んでいるのを感じ取っていたのかもしれない。理恵はできる限りの笑みを露に返した。

「麻野さんの料理のおかげで元気になったよ。今日のスープも絶品だったよ」

「本当ですか。楽しみだな」

穏やかな朝の空気に包まれながら、理恵はスープの最後のひとすくいを口に含む。露が目を輝かせ、父親のスープを期待に満ちた表情で待っている。理恵はスープの余韻に浸りながら、不思議とすぐに進路を決められる予感を抱いた。

エピローグ

新年度に入り、電車内で真新しい制服を着た学生を見かけるようになった。遠距離通学なのか朝練が早いのか、早朝の車内で眠そうにあくびをしていた。

　地下鉄のホームから地上に出ると、ここ数日で空気が明らかに変わったことを実感する。四月の風は春の暖かさを含んでいた。理恵の自宅近くにある桜もすでに花開いていた。

　薄明るい路地を進むと、スープ屋しずくのドアにOPENと書かれたプレートが掲げてあった。理恵がドアを押すとベルの音が鳴り、ブイヨンの芳しさを含んだ空気が漏れ出てきた。理恵は素早く店内に入り、麻野の姿を探した。

「おはようございます、いらっしゃいませ」

「麻野さん、おはようございます」

　店主の麻野は今日も変わらぬ笑顔で迎え入れてくれた。白色の漆喰の壁が、暖色系の明かりに照らされている。椅子やカウンターテーブル、四人席などはダークブラウンの木材で統一されていた。理恵は麻野から最も近いカウンターテーブルに腰かける。

するると麻野はハーブを糸でまとめていた作業を止め、理恵に話しかけた。

「本日のスープはブルターニュ風魚介スープです」

「最近は魚介系のスープをいただくことが多いですね。今日もとても楽しみです」

理恵がうなずくと、麻野は厨房に歩いていった。その間に理恵はスライスしたフランスパンとルイボスティーを取ってくる。戻ると麻野がスープを運んできて、目の前に配膳してくれた。

「お待たせしました。コトリアードです」

本日のスープも聞き慣れない名前だった。平皿には白身魚や海老、ムール貝などの魚介が贅沢に入っている。野菜は長ネギやジャガ芋などで、スープは白く濁っているがさらさらとしていた。さらに脇に透明なたれのようなものが別皿で添えてあった。

「いただきます」

理恵は金属のスプーンを手に取り、スープをすくって口に運んだ。すると濃密な魚介の味と香りが折り重なって、味覚と嗅覚を真っ直ぐ刺激した。しかし魚介のいやみはなく口当たりはさらっとしている。そして別に親しみのあるコクが感じられた。

「……今日も絶品ですね。この味はバターですよね」

「正解です。ブルターニュは北フランスで、牧畜の盛んな地域です。バターが多く生産されているため、コトリアードにもバターが使われます。良質で乳脂肪分の低いバターを使用したので、口当たりは軽いかと思われます」

たしかに表面にバターが浮いているけれど、くどさは感じられない。理恵は具材の魚介をすくって食べる。白身魚は鱈のようで、口に入れると身がほどけた。ゼラチン質を多く含んだ皮からは特有の風味が味わえた。

ムール貝をかじるとぎゅっと詰まったエキスが弾け、ミネラルを感じさせる旨味が楽しめた。大きな海老はぷりぷりで、歯切れが心地良く甘みが強い。長ネギやジャガ芋などの野菜も味が濃く、魚介の強い風味に負けていない。

魚介の味がしっかり出ていて、さらにバターの旨味も感じられる。スープ屋しずくの朝のメニューにしては濃いめの味つけのような気がした。

「コトリアードはブルターニュのブイヤベースと呼ばれています」

理恵がスープを満喫していると、麻野が嬉しそうに口を開いた。料理について語る麻野はいつだって口調が軽やかだ。

「どちらもその日に獲れた魚介を使って作りますが、コトリアードはブイヤベースと違ってサフランを使わないこと、乳製品をたっぷり使うのが特徴です。言うなれば白いブイヤベースですね」

ブイヤベースはスープ屋しずくのグランドメニューにも名を連ねている。魚介をたくさん使ったスープは贅沢で有名だが、似たスープが他にあるとは知らなかった。

「レシピによってはミルクや生クリームを入れることもありますが、今回は乳脂肪分の低いバターを使ってあっさり仕上げました。別にお出ししたヴェネグレットソースを加えると酸味が加わり、さらに食が進むかと思います」

麻野は続けて、ヴェネグレットソースについて説明をしてくれる。酢と油を混ぜ合わせ、塩胡椒で味を調えたドレッシングで、要するにフレンチドレッシングと呼ばれるものらしい。

理恵は小さなスプーンでスープに少量入れてからスープを口に入れた。

「酢のおかげで味が変わって、いくらでも食べられそうです」

魚介とバターの濃密な味わいが、酸味のおかげで爽やかさを帯びた。麻野はヴェネグレットソースの効果も計算に入れて、元のスープを濃厚に仕上げたのだろう。

理恵はブラックボードに目を遣った。西洋料理に欠かせないムール貝は鉄分が豊富で、貧血の予防に効果があるとされる他、筋肉の元となる必須アミノ酸を豊富に含んでいるという。また鰐に含まれるセレンは抗酸化作用が期待され、ヒ素やカドミウムなどの有害物質を体外に排出する効果もあるとされていた。

北フランスで愛される料理を食べる機会なんて、しずくに通わなければ訪れなかったかもしれない。スープ屋しずくに来ると、様々な新しい世界に出会える。それはとても幸せな体験だと、理恵はスープを味わいながら実感する。

食事を楽しみ、半分ほど食べ進めた時点で一旦手を止める。理恵は居住まいを正し、麻野に真正面から向かい合った。

「先日は仕事に関する相談に乗っていただきありがとうございました。麻野さんのおかげで、現時点で納得できる道を選ぶことができました」

「力になれたなら光栄です。それで理恵さんは今後どうされるのですか？」

麻野が心配そうに訊ねてくる。気にしてくれていたことが、それだけで嬉しかった。

麻野のアドバイスを受け、理恵は自分の行く末について考えた。そして理恵は一つの結論に達した。

「イルミナと一緒に会社を移ろうと思います」

学生時代の勉強で培ったことを活かせる仕事、転職による新たな挑戦など道はいくつも広がっていた。だけど理恵は現在取り組んでいる仕事を突き詰めようと思った。

組織が変わることでの戸惑いや、予想も付かないトラブルにも直面するだろう。それでも自分なりに着実に取り組んでいけば、きっと成果を出せるに違いない。それはきっと自分の成長にも繋がるはずだ。

「長谷部さんは麻野さんの推理通り、私を麻野さんに相談させるために柴犬を置くトリックを仕掛けたと教えてくれました」

顔の広い伊予は早い段階でイルミナ移籍の情報を摑んでいた。それなのに自分にも麻野にも相談せずに体調を崩していく理恵を目にして、伊予はトリックを仕掛けることにした。

真相を話した際、伊予は理恵にこう言った。

「本当は私に相談してほしかったんですけど、私じゃ役に立てないと思ったんです。だから麻野さんに自分から相談するよう計画を練ったんですよ」

トリックを考えるに当たって、伊予は光ヶ丘雑貨店の置物を使うことにした。理恵は伊予に光ヶ丘雑貨店での出来事を伝えたことがあった。あの経験があったからこそ成長できたという話を、当時仕事に悩んでいた伊予は興味深そうに聞いていた。理恵にとって光ヶ丘雑貨店は特別だった。だからこそ光ヶ丘雑貨店の商品を置くことで、理恵が誰かに相談することの大切さを思い出すことを期待したらしい。

謎自体は解いてもらうための仕掛けなので、あえてヒントを散りばめたそうだ。そこで伊予だけあからさまにアリバイを成立させた上で計画を実行したという。

さらにもう一つ、伊予は柴犬の置物を使った理由を付け加えた。それは「何か麻野さんって柴犬に似ていません？　だから理恵さんが麻野さんを連想するかと思ったんですよ」というものだった。麻野が柴犬に似ていると第一印象から思っていたが、伊予も同じことを考えていたらしい。

そして移籍は悲しい別れをもたらした。伊予が今の会社に残留すると決めたのだ。伊予も移籍を望まれていたが、会社と相談して残ることを選んだのだという。

「職場は別々になりますけど連絡しますからね。定期的に遊びましょう。私は理恵さんがめっちゃ好きですから！」

面と向かって好きと伝えられる伊予に驚きつつ、同時に羨ましいと感じた。

移籍を断った理由について、伊予は「そろそろ別の仕事をやりたいと思っていたんですよ」と語った。詳しくは聞けていないが、きっと伊予なりの理由があるのだろう。離れるのは寂しいけれど、今後は同僚ではなく友人としての関係を築ければいいと願っている。

「譲渡先とは何度か顔合わせは済ませました。当面は現在の配布地域のままでクーポンマガジンを続けていく予定です。今後もスープ屋しずくの広告をお願いできれば幸いです」

「イルミナの広告をきっかけにお店を訪れる方は少なくありませんからね。こちらとしても変わらずにお付き合いください」

理恵のかしこまった挨拶に、麻野も真面目に応えてくれる。麻野はいつだって理恵の相談を柔らかく、でもしっかりと受け止めてくれる。それは嬉しいことだけど、少しだけ寂しくも感じる。優しい麻野のことだからきっと、悩みを打ち明けてきた相手には誰に対しても平等に接しているのだろう。

コトリアードにヴェネグレットソースをたっぷり入れて口に運ぶと、鮮やかな酸味を舌が心地良く感じた。

理恵は伊予の明け透けな性格を思う。好きという気持ちを真っ直ぐに伝える行為は照れくさいけれど、受け手にとって喜ばしいものだ。理恵も見習いたいと思った。スプーンを置いて、麻野に顔を向ける。

「今回の件は本当に助かりました。他人を思い遣り、可能な限り力になろうとする麻野さんが、私はとても好きです」

好きという言葉は刺激的だけれど、普段の感謝の気持ちを込めると言葉は自然と出てきた。口に出してから恥ずかしくなったものの、麻野はきっと普段通り受け流すだろう。

だけど麻野の反応は、理恵の予想と違っていた。

麻野は理恵の言葉にびっくりしたように目を見開いた。そして理恵から顔を逸らす。何が起きているのかわからず理恵は言葉を失う。

麻野は顔を真っ赤にして、口元を手のひらで覆った。それから「……ありがとうございます」と絞り出すように答えた。

この反応は何なのだろう。麻野は理恵と目を合わせようとしない。理恵が何か言おうと必死になっていると、ドアベルの音が鳴って伊予が店内に入ってきた。

「おはようございます。あ、理恵さんも来ていたんですね」

「おはようございます、いらっしゃいませ」

伊予が軽い調子で挨拶するのを、麻野は普段の微笑で出迎える。だけどまだ耳が少しだけ赤い気がした。伊予は麻野の異変に気づかずカウンター席に腰かける。

「おはようございます」

そこにさらに露が店内に入ってくる。露は客席にいる全員に挨拶してから、不思議そうに父親の顔を凝視した。その時点で麻野の顔から赤みは消え、一見すると普段通りの表情を取り戻していた。露は首を傾げながらカウンター席に座る。

伊予と露は麻野からスープの説明を聞き、珍しい北フランスの料理に目を輝かせている。理恵はその様子を眺めながら、先ほどの麻野の反応を思い返していた。

麻野が二人分のスープを運び、露たちに配膳する。その途中で理恵と目が合ったが、麻野は普段通りの笑みを返すだけだった。その余裕の表情に理恵はさらに混乱する。露と伊予はコトリアードに舌鼓を打っている。

理恵もスープを食べ進めるけれど、もったいないことに味が全然わからない。頬を赤らめる麻野の様子が脳内で繰り返される。理恵はその意味について、自分の進路に頭を使う以上に悩むことになるのだった。

〈主要参考文献〉

『不眠症の科学』坪田聡著　SBクリエイティブ　二〇一一年
『料理人のためのジビエガイド：上手な選び方と加工・料理』神谷英生著　柴田書店　二〇一四年
『かもさんおとおり』ロバート・マックロスキー著、渡辺茂男翻訳　福音館書店　一九六五年
『包丁と砥石大全：包丁と砥石の種類、研ぎの実践を網羅した決定版！』日本研ぎ文化振興協会監修　誠文堂新光社　二〇一四年
『「こつ」の科学―調理の疑問に答える』杉田浩一著　柴田書店　二〇〇六年
『このまま今の会社にいていいのか？と一度でも思ったら読む 転職の思考法』北野唯我著　ダイヤモンド社　二〇一八年

初出
「おばけが消えたあとにおやすみ」　『このミステリーがすごい！』大賞作家書き下ろしBOOK vol.20』二〇一八年三月
「野鳥の記憶は水の底に」　『『このミステリーがすごい！』大賞作家書き下ろしBOOK vol.21』二〇一八年六月
「まじわれば赤くなる」　書き下ろし
「大叔父の宝探し」　『『このミステリーがすごい！』大賞作家書き下ろしBOOK vol.22』二〇一八年九月
「私の選ぶ白い道」　書き下ろし

宝島社
文庫

スープ屋しずくの謎解き朝ごはん
まだ見ぬ場所のブイヤベース
(すーぷやしずくのなぞときあさごはん　まだみぬばしょのぶいやべーす)

2018年12月20日　第1刷発行

著　者　友井 羊
発行人　蓮見清一
発行所　株式会社 宝島社
〒102-8388　東京都千代田区一番町25番地
電話：営業 03(3234)4621／編集 03(3239)0599
https://tkj.jp
印刷・製本　中央精版印刷株式会社

ISBN 978-4-8002-9102-8